情不知所起，一往而深。
尋著心之所向，乘著拂曉清風，
流往那剎那即永恆之境。

情不知所起，一往而深。
尋著心之所向，乘著拂曉清風，
流往那剎那即永恆之境。

泰國耽美天后
Mame ____ 著

甯芙 ____ 譯
MN ____ 繪

婚禮
แผนการ (รัก) ร้ายของนายเจ้าบ่าว
計畫
Wedding Plan

Thank you for supporting me
and my dreams na ka. ♡

Mame

Contents

Opening

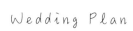

好男人只有兩種，一種是沒有老婆的，
另一種是當了別人的老婆。

　　鬧區的速食餐廳麥當勞裡，一名年輕人拿著放有漢堡、可樂的托盤，走向了窗戶旁邊的座位，當他聞到食物的陣陣香氣時，瞬間感到身心通體舒暢。

　　「疲憊的時候就是要靠一個雙層大漢堡來解除疲勞！」對食物充滿熱情的年輕人 Namnuea 喃喃自語著，他將托盤放在桌上，坐下來搓了搓雙手，準備開始大啖美食。

　　「咕嚕咕嚕……」他抓起可樂用力吸了一大口，再拆開漢堡的包裝紙，張大嘴狠咬了一下，心滿意足地品嚐著美味的佳餚——儘管這是不少人覺得高熱量高脂肪的垃圾食物。

　　但 Namnuea 不在乎別人的想法，他認為自己並不胖，因為身心想要立即的慰藉所以選擇了速食，而且只

要一走進餐廳、點完餐就可以快速地拿到，不需要浪費時間等待，很符合這個快節奏社會的經濟效益。

他繼續咬著漢堡，絲毫不擔心裡頭的醬料會弄髒嘴唇，只想享受當下這一刻，因為掃完美食後，他又得去接待客人了。

「今天 Imm 姊說會有一個大客戶來……希望那位先生或小姐不要太難搞。」他搖搖頭，甩開腦中的負面情緒，繼續吃著食物。

當 Namnuea 津津有味地吃完漢堡，再將最後一根薯條塞進嘴裡、喝下最後一口可樂後，他拿起衛生紙擦了擦嘴巴，一臉心滿意足。

沒看過他剛才掃盤吃相的人或許會被現在那張臉上的燦爛笑容所折服。

「好了，吃飽了。」

看了一下手錶，距離休息時間結束還有半個小時，他坐在窗戶邊，百無聊賴地掃視著外頭的購物中心。

這是他的放鬆時間。

在其他人看來，可能會覺得他這麼做只是純粹為了

放鬆情緒，或只是觀察路人的動向，但旁人不知道的是——Namnuea 其實只觀察男人。因為他本人並不是雙性戀也不是異性戀，而是一個貨真價實的同性戀。

那裡有個男人長得很帥，但他看起來跟我可能不是同一個世界的人。

Namnuea 一雙大眼睛盯著前方西裝筆挺的帥氣男人，在內心暗忖道。

另一個男人看起來真狂野！雖然好像有點不友善。

Namnuea 的目光停在一個蓄鬍的粗獷男人身上，那人起身時，身邊的漂亮女士立刻摟住了他的手臂。

盯著來往的人群約莫過了十五分鐘後，再沒有其他人能吸引 Namnuea 了，於是他站起了身，不想麻煩忙碌的工作人員，自行拿著托盤往回收區的方向走去放妥。

就在他準備步出店門的那一刻，坐在角落的人影捕捉了他的目光。

該死！那裡明明就有一個帥哥如此養眼，我居然沒有注意到，白白浪費了十五分鐘！

那名男子長相帥氣、身材精壯，身著合身西裝，看

起來是進來速食店吹冷氣的。仔細再看去，他有著兩道濃眉、高挺的鼻子以及漂亮的嘴唇，所有五官不管是哪一點，都很符合自己的審美。

Namnuea 決定佯裝忘記某件事折返回來的客人，走到了那男人桌子旁邊，表面上左顧右盼像在尋找什麼，實際上卻是用眼角餘光緊盯那名咬了一大口漢堡的男人。

那一幕讓 Namnuea 覺得自己被他深深吸引了！

一般來說，像他那種身材的人不會想吃這些高熱量垃圾食物，應該會選擇蛋白質補充品或者雞胸肉等比較健康的食材來增強肌肉，對這裡的東西基本會避之唯恐不及。

光是意識到這點，Namnuea 就清楚知道對方不會看上自己，也不會想要主動搭訕。

他有些遺憾地嘆了口氣，休息時間已經接近尾聲，必須返回工作崗位了。

就在這個時候，一名美麗的女子朝那個人走了過去，這場景讓準備離開麥當勞的 Namnuea 睜大了眼。

那女子身材姣好，穿著打扮都很時尚，手上還拿著

愛馬仕包包,雖然他在內心暗自祈求她不是要去找自己看上的那個男人,然而……事與願違。

「這裡。」

隨著男子的出聲,美麗女子朝著角落的男人而去,那親密的模樣讓其他人都投射出羨慕的視線,其中也包括了 Namnuea,令他只能無奈地嘆了口氣。

確定對方已經死會感覺有點沮喪,幸好自己在下午上班前已經靠食物紓解了壓力。

Namnuea 失望地走出了餐廳。

他沒有注意到的是,角落那人的視線跟隨著他的背影而移動,在他走出去後,男人的嘴角勾起了一抹笑意。

The Wiwa Square 是一間大型婚顧公司,主打婚禮服務,提供全面性的婚禮規畫,辦公室位於市區一棟摩天大樓裡;「我們能為您實現您的夢想」是該公司的理念,而他們在業界知名度也很高,不少想辦婚禮的新人都會前來諮詢,無論是想將婚宴設在海邊或者五星級飯店,

婚禮計畫

他們都能辦得盡善盡美。

　　但是，目前該公司的一名工作人員正一臉沮喪中。

　　「Namnuea，怎麼回事啊？一回來就趴在桌上。」

　　「Imm……」

　　「喂，我不是叫你要稱呼我為姊嗎？」

　　趴在桌上的年輕人抬眼看著那個準備拿起手中紙捲敲自己腦袋的上司，解釋著：

　　「我的意思是，我吃得很飽 * 不是在喊 Imm 姊妳啦，真的。」

　　「嗯哼，那我們上工吧。」這位三十歲的女子露出一抹甜甜的笑意，令 Namnuea 渾身一顫。

　　他實在不敢招惹這位上司，她可以在客人面前露出最甜美的笑容，同時也可以在背後捅他一刀。

　　「欸，Nuea，你又吃麥當勞了嗎？」

　　「哦，吃麥當勞怎麼了嗎，姊？」

　　Imm 姊的嗅覺非常靈敏，穿著時髦的她聞言忍不住

---

* 飽的原文為 อิ่ม，發音也同樣為 Imm。

呻吟出聲。

「你們 Gay 都是怎麼回事啊？看看你這肚子，懷孕幾個月啦？」她一邊說還不忘一邊伸手想抓 Namnuea 的小肚子，卻被他靈敏地往後退了一步，閃掉她的鹹豬手攻擊。

「這不是挺好的嗎，抱起來軟軟的。」他笑笑地說。

「你就不能減一下肥嗎？」

「好啦姊，不管怎麼樣，總會有男人喜歡我這種類型的，不像某人……」

「Namnuea 你這混帳！」

Namnuea 一邊笑一邊躲著那個抓起椅子準備砸過來的 Imm 姊。

「要是我不胖，就襯托不出 Imm 姊的苗條了，不是嗎？」他捏了捏自己的肚子，理直氣壯地說著。他只是不喜歡運動，不像其他男人會選擇上健身房把身材練得結實，再加上工作的關係，時不時得跟客人聚會或者幫客人試菜，畢竟菜色如果不是實際吃過，他就不能放心，於是現在的他已經比剛進來工作時胖了好幾公斤。

問題是一個年輕男人挺著個小肥肚……

成功脫身並藉口要去洗手間的 Namnuea 看著自己的肚子，忍不住小聲咕噥道：

「已經單身一年了，早晚忙碌的工作不管對身體還是心靈都不太好啊……」

他腦海裡浮現今天在麥當勞看到的那個人，要是自己能再遇到那種類型的帥哥，說什麼他都不會放過。

洗手的同時，他仔細看著鏡子裡的自己，說真的，就算臉圓圓的，他也依然很好看啊。

他的名字 Namnuea* 顧名思義就是來自北方，那裡的人皮膚白皙，眼睛渾圓而且會有一雙漂亮的嘴唇；他看起來有點嬌小，身高比一般泰國男性還要矮些，不算是特別突出的類型。

「有自信一點 Namnuea，該回去上班了，等下跟客人還有約。」

當他轉身準備回到辦公室時，一道修長的身影吸引

---

* Namnuea 原文為 น้ำเหนือ，有「北方之水」的意思。

了他的目光。

　　等等，那人不就是自己在麥當勞裡看到的那個大帥哥嗎？

　　大帥哥一身西裝筆挺，站在那裡像是在等什麼人一般。Namnuea 看著他，感到有些緊張，並不是因為相信命運的安排，而是……

　　「呃……請問您是來討論婚禮內容嗎？」

　　面前的帥氣男人回頭看了他一眼，好看的嘴角揚起一抹笑意。

　　拜託你千萬不是要來討論婚禮的。不是、不是、拜託不是……

　　然而上天並沒有聽見 Namnuea 的哀求，只見對方緩緩開口回道：「是的，我約了下午一點半。」

　　如果不是出自專業本能，此時的 Namnuea 大概會像被風吹散的枯葉般飄落在地，但剛才在化妝室的自我催眠，讓他立刻露出了營業用笑容。

　　「請問您是 Yiwa 嗎？」

　　「我不是 Yiwa。」

看到他立刻搖搖頭，Namnuea 感覺心頭大石稍微輕了一些。

「Yiwa 是我的新娘。」

當 Namnuea 耳聞這個男人即將成為別人新郎的事實時，感覺瞬間像是摔入萬丈深淵一般。他知道好的男人只有兩種，不是當了別人的老婆就是有了別的老婆，而對方顯然是屬於後者。

唉，他這種男同志的情路真是坎坷啊。

Step 1

對於服務業來說，

只要客人提出過度要求就會

讓人感到沮喪……不管內容是什麼。

　　沒想到才幾小時的光景，自己看上的男人已經變成別人的新郎了。Namnuea 依舊努力維持本分，對著客戶露出了職業笑容，壓抑嫉妒新娘在這種好男人稀缺的時代裡還能找到帥氣新郎的心情，帶著 Imm 姊的團隊一起進到了會議室。

　　「我們在電話裡討論過，婚禮將在三個月之內舉行是吧，Yiwa 小姐？」

　　「是的。」準新娘用無敵可愛的笑容回應，看來這是她吸引帥氣新郎的其中一個原因。

　　「時間有點緊迫。」

　　一般來說，要籌辦婚禮的新人至少需要在五個月前提出計畫，讓活動的一切盡可能完美，雖然三個月也不

是什麼大問題，因為活動佈置只需要兩天。即使之前也討論過這件事，但還是讓人不禁納悶，難道他們是先上車後補票，所以才會這麼倉促嗎？

「你們辦不到嗎？」

新郎的話讓 Namnuea 輕輕皺了眉。他看向對方，對上了新郎明顯不信任的眼神。

難道他習慣用這樣的表情質疑別人？

「不可能辦不到，只是才三個月的準備期，會讓 Sailom 先生與 Yiwa 小姐的行程塞得很滿，你們會是最累的一方。」

「這就是我們來這裡的原因不是嗎？我想讓你代替忙碌的我們，在三個月內安排好所有活動。」

該死的！你的話很矛盾你知道嗎？

Namnuea 感覺自己的嘴角忍不住微微抽搐，但這種客人也不是第一次遇到了，所以只能繼續掛著笑容。

「我不是說做不到，若有誤會，我向 Sailom 先生道歉。」

虧我一開始聽到你的名字還覺得很好聽！你的個性

果然如同你名字一樣善變！*

「呵。」

這個之前在麥當勞遇到的英俊帥氣、眼神銳利的理想型男人，自己還信誓旦旦地說如果有機會抓到絕對不會放過，但現在才聊不到十分鐘，Namnuea 已經完全對他改觀。

「呵呵，Lom 哥，你不要捉弄 Namnuea 先生啦。」

氣氛有些緊張，Imm 原本還想說些什麼，但新娘已經早一步將手放在 Sailom 的手臂上，露出可愛的表情化解尷尬的氣氛。

「我沒有。」Sailom 否認。

「這不是一個好習慣哦。」Yiwa 馬上接著說。

Namnuea 在內心大笑出聲，但臉上沒有任何表情顯露情緒。

「我看到 Namnuea 先生只盯著新娘看，所以忍不住就⋯⋯」

---

* Sailom 原文為 สายลม ，意思是「風」。

婚禮計畫

Sailom 的話讓被點到名的人睜大了眼。

「呃，我……」

全世界的人都有可能盯著新娘看，就他不可能！咦，等等，難道是……？

「我只是覺得 Yiwa 小姐穿上新娘禮服一定很漂亮。」他回想起幾分鐘前，自己確實因為嫉妒新娘找到好男人而直直盯著她看，但說真的，他現在已經完全沒有嫉妒的心思了。

「我沒說錯吧？」

該死的混帳！Namnuea 簡直想收回自己欣賞過他的話！Namnuea 輕咳了一聲，再度開口：

「請問婚宴的話，兩位想要在什麼樣的場地舉行婚禮呢？」

「嗯……」Yiwa 偏頭想了一會，接著笑說，「這個讓 Lom 哥決定吧。」

Namnuea 覺得有些奇怪，畢竟新娘都會想要自己決定婚禮細節，但她卻一直在詢問新郎的意見。

「Sailom 先生覺得呢？」

「我還沒決定。」

「呃……請問雙方家長有意見嗎？以我個人的經驗來看，家長有時是最有想法的。」Imm 姊可能是想盡快得到答案，但她並沒有很明顯地表現出來，反而用一種像是能讓新郎與新娘安心的打趣口吻說著。

「我們家應該不會有太多意見，我說過如果他們想看到我和 Lom 哥早點結婚的話，就不要干涉太多，會有意見的可能是賓客人數而已。」

父母真的不會有意見嗎？Namnuea 陷入了沉思。根據以往的經驗，父母基本上都會在相當大的程度上干涉孩子的婚禮活動，他相信雙方的家長應該都是好人，但若完全沒有意見的話，應該不太可能。

「不用擔心，如果我認為可行，我的家人會聽從我的安排。」新郎似乎看穿了 Namnuea 的心思，露出一抹淡淡的微笑，像是在給予信心一般。

他的笑容讓 Namnuea 忍不住心跳加速。

「請問大概會有多少賓客呢？」

「會有多少人啊，Lom 哥？」Yiwa 看向坐在她身邊的

男人。

「大概五百多人吧。」Sailom 思考了一會後回覆。

可能還會再增加吧。因為新人目前看起來還沒有跟父母商討過這件事，他所預計的人數應該還沒算上父母那裡的親戚，到時應該不止五百多人。

當然，這個道理 Imm 也懂，於是她直接切入正題。

「關於這次的婚禮，Sailom 先生與 Yiwa 小姐有大概的預算嗎？我們保證會在預算之內讓兩位對婚禮很滿意。」

聞言，Yiwa 轉頭看向 Sailom，彷彿兩人之前並沒有討論過這樣的事。

「沒有限制。」

Namnuea 瞪大了眼睛，十分不可思議。

「這次婚禮沒有預算限制，只要把活動辦好就可以。」

準新郎臉上的笑意讓 Namnuea 有些毛骨悚然，他居然像是不在意錢一般，神色舒展地說出這樣的話。

顧客就是上帝，有錢的顧客就是世界的創造者。Namnuea 似乎已經可以預料到未來三個月將會有多混亂。

「吼！他是真的想要結婚嗎？」

「別抱怨了，顧客就是上帝，趕快擬定計畫吧。」

只要一想起那對新人，Namnuea 就忍不住想要抱怨，或許有人覺得預算無上限反而更容易做事，畢竟錢可以解決一切麻煩，但事實並非如此。

「婚禮想使用中式圓桌或者附雞尾酒的 Buffet ？」

「一切都聽 Lom 哥的。」

「我什麼都可以。」

只要一提起建議選項，新娘就會徵詢新郎的意見，新郎則是喜歡回什麼都可以⋯⋯

「想在哪裡辦婚禮呢？市中心的飯店，還是有特別想去的地方？」

「一切都聽 Lom 哥的。」

「我還沒想到這件事，就照你的安排去做吧。」

當被問到婚禮的場地時，新娘只是面帶微笑，而新郎則聳了聳肩，給了這樣的回答。

「那麼訂婚派對呢？要在同一天，還是分開舉行？訂婚派對打算邀請多少人？」

「我沒想過訂婚的事，應該可以不用吧，只要辦結婚典禮就好，Lom 哥覺得呢？」

「我說了你怎麼安排都可以。」

「該死的！！！！要是世界上有『什麼都可以』這樣的計畫就好了！！」Namnuea 光是回憶起昨天和那對新人的周旋就想放聲大叫。只要是自己丟出去的問題，最後都會回到新郎身上，然後他的答案只有：「什麼都可以」。

所有問題都無法有個結論，直接陷入死亡循環。

「什麼都可以」到底要怎麼安排？誰來給他做個範本？

「好啦～～ Namnuea，總比客人挑剔到不行要來得好吧。」Imm 在旁邊幫腔。

「我覺得挑剔還比較好，至少有個方向，像他那種什麼都可以的，反而不知道要從何下手。」Namnuea 揉了揉發痛的太陽穴。

Imm 雙臂交叉在胸前，聽到他的抱怨後輕笑出聲。

「他叫 Lom 先生，不要隨便幫客人取奇怪的綽號，小心客人跑掉。你最好直接去找 Lom 先生或 Yiwa 小姐，問清楚他們想要什麼；如果 Yiwa 小姐希望聽 Lom 先生的安排，你再回去找新郎確定每一件事。」

Namnuea 立刻反問：「為什麼非得要我去？」

「你覺得別人都很閒嗎？」

「那妳呢？」他指著 Imm 姊。

「我手上有個產品發表會，還是你想跟我交換啊？」

他聞言一愣，產品發表會比這件事更讓他感到棘手。

畢竟他只想做幕後的工作，像是跟廚師討論菜單、訂購必須用品、安排場地的部分，其他的就交給 Imm 姊去和客人溝通就好。

「我還是去拜訪一下 Lom 先生好了。」Namnuea 最終選擇妥協。

「哦，你終於投降了嗎？」Imm 看到他又想開口說什麼時，搶先一步說，「趕緊跟 Lom 先生聯絡，然後去見他，不要開口閉口都是自己的意見，你是來工作，不是來跟客人吵架的。」

要不是知道她是公司老闆的女朋友，Namnuea 大概
會直接回嗆，但他擔心會丟掉工作，只好認命地摸了摸
自己被 Imm 姊用紙捲砸過的頭，拿著名片回到自己的座
位，再嘆了一口氣。

　　姊實在是太不了解他了！就算那種人多麼討人厭，
他還是喜歡那個類型啊。

　　只是，Sailom 都要當別人的新郎了，他不能再有這
樣的想法！

　　「我很忙。」

　　「但我今天跟您有約了！」

　　「剛好有一個緊急的會議。」

　　該死的，他怎麼可以若無其事講出這種話？

　　Namnuea 極力壓抑想抄起桌上花瓶往 Sailom 腦袋招
呼過去的衝動。他從市區開了兩個小時的車來到郊區的
工廠拜訪他，居然得到這樣的結果。

　　他們明明可以在電話裡討論更多細節，但 Sailom 卻

回了一句：「我不喜歡在電話裡討論重要的事情，尤其像婚禮這樣的大事，如果你有任何問題，請直接當面找我談。」

「那麼請問 Sailom 先生在哪裡談比較方便呢？」

「平常日我必須要工作，你可以來我的辦公室。」

即使臉上的不悅早就出賣了 Namnuea 原本的心情，但他還是用著輕鬆有禮貌的口氣繼續問：「那麼請問幾點呢？」

「明天中午我有空。」

這人明明是這麼說的，而且 Namnuea 也依約前來，沒想到居然得到這樣的回答。

他是想找我的麻煩吧？

沒關係，身為服務業，顧客是上帝，Namnuea 內心即使有再多不爽，仍然堆起滿臉笑容地開口：

「好的，我明白了，畢竟工作比較重要。」

「那就以後再聊。」

見他一副不打算接話的樣子，Namnuea 連忙追問：

「那請問 Sailom 先生什麼時候比較方便？我可以再來

找您。」

「也是，工作日的話比較不方便。」

那為什麼今天要約我來？！

雖然 Namnuea 的內心瘋狂地想要問這個問題，但當他看到那位新郎凝神沉思時，心臟就忍不住一陣狂跳。

Sailom 一襲貼身的西裝襯托出緊實的胸肌，老實說，Namnuea 必須要極力壓下內心的胡思亂想，才能好好地跟他聊公事。那張稜角分明的輪廓看起來是純正的泰國青年，似乎沒有混到其他國血統，帥氣的臉上今天帶著些許的鬍碴，看來今天還沒有刮鬍子。

Namnuea 覺得自己的口水都快要流出來了。

「下班也可以，晚上的話怎麼樣？」Namnuea 提議。

「不會占用你的休息時間嗎？我是無所謂，反正下班時間也幾乎在工作。」Sailom 面露狐疑地揚起一道眉毛。

唉，雖然說下班是休息時間，但他在婚禮舉行前幾乎是天天待機，只有婚禮前一天才能好好休息。

「沒關係的，我的工作時間不太固定，Sailom 先生可以先預約……」

「那就約晚上十點吧。」

什麼？他話都還沒說完，Sailom 就立刻回答。Namnuea 只能張大眼看著面前的男人。有誰會約晚上十點談工作？他的腦子還好嗎？

「你不是說約什麼時候都可以嗎？」似乎是看出了他內心的想法，Sailom 笑容可掬地說。

Namnuea 拚命忍住想要狠狠地揮拳打掉對方臉上笑容的念頭，轉而深深吸了一口氣。既然對方想要來這招，那他就奉陪到底！

「晚上十點也行，Lom 先生約哪裡比較方便呢？」

Sailom 沉思了一會，那表情又讓 Namnuea 的視線無法轉移，發光有神的雙眼、飽滿好看的嘴唇，每一項都那麼符合自己的審美……

不行，他要結婚了，他要結婚了！不能再多想！

「我開玩笑的，Namnuea 先生。」

該死的！不要用那種溫柔的口氣喊我的名字！

Namnuea 強迫自己別再把目光停在 Sailom 身上，但真的很難。不知道為什麼，對方像是有莫名強大的吸引

Wedding Plan

力一般，總是讓自己情不自禁。

　　等等！Namnuea！別再想了！

　　「請別跟我開玩笑。」他再次壓下想要怒吼的情緒，
臉上再度掛回營業笑容，將話題轉了回來。

　　「但我今天不太方便，下班還有要去的地方。」

　　「那明天呢？」

　　「一樣。」

　　「後天呢？」

　　「嗯，也一樣。」

　　你是真的想要結婚嗎？！

　　Namnuea 又深吸了一口氣。從事這個工作以來也遇
過不少類型的新郎，像這種棘手的多得去了。

　　「Sailom 先生，不是我有意要催促您，但因為我們只
有三個月的時間，所以行程非常緊迫，然而至今仍然完
全沒有任何婚禮計畫進度；請容許我再重申一次，倘若
籌備的時間越短，事情可能就會越混亂，尤其是最後一個
月的時候。麻煩您給我一個小時……不，半個小時就可以
了，我們公司的理念是『我們能為您實現您的夢想』，但

要是您沒有所謂的『夢想』，我們要怎麼實現呢？」

　　Namnuea 不敢得罪眼前的男人，若是他對自己的應對不滿，跑去找別的婚顧公司的話，Imm 姊絕對會殺了自己。

　　一思及此，他只能繼續面帶笑意，看著這個男人露出略有所思的表情。男人用手指搓了搓下巴，臉上一片平靜。

　　難道是我說錯什麼話了？

　　「呃，Sailom 先生，我⋯⋯」

　　「你說得沒錯！」

　　正當 Namnuea 準備要開口道歉時，對方突然打斷了他的話，並且點了點頭。

　　「婚禮要怎麼舉行都可以，你只要拿出計畫來，我會找時間看的。」

　　他根本就沒聽懂人話！如果不是因為他舉起手打斷了自己，Namnuea 可能真的要直接回嗆了。

　　「但這樣不太好吧？您應該也希望和 Yiwa 小姐的婚禮能順利進行，要是您無法接受我提議的場地，也只會

造成您的困擾，不是嗎？」

Namnuea 讓自己盡量表達出誠懇的口氣，但對方只是自顧自地點點頭。

「要是如此，那就約今天晚上吧。」

「但 Sailom 先生剛才說……」

「沒關係，公事部分可以交給另外兩個主管處理。」

Sailom 的話讓他鬆了一口氣，「那要約幾點呢？」

「就十點吧，XX 百貨。」

在約好碰面的時間和地點後，Namnuea 終於放下心中的大石。

「那麼今天晚上見了，Sailom 先生。」

即使對他心動不已，還是得做好自己份內的工作，在敲定一切行程後，Namnuea 拿起公事包便準備走出辦公室。

「哦，對了，還有一件事。」

該死的！又有什麼事了？我的胃好痛！

「請問還有什麼事呢？」雖然內心又忍不住抱怨，但 Namnuea 還是揚起笑容回應。

「你可以不用叫我 Sailom 先生，叫我 Lom 就可以。」Sailom 的語氣竟帶了點溫柔。

噗通！

Namnuea 感覺心臟一下子漏跳了半拍，雖然去掉稱謂這件事並不罕見，但當對方這麼說，就會讓聽的人有種……他想要更親近一點的意味。

「好的，Lom 先生！」

Namnuea 釋放出了久違的熱情，在喊出對方的名字時，Sailom 臉上的笑容越來越大，炯然的雙眼迸出熱力十足的光芒。

一陣熱度浮上了 Namnuea 的雙頰，他突然覺得有些焦躁，只能低著頭迅速地轉身離開。

直到走出了辦公室後，他才下意識摀住左胸口，感受自己狂亂的心跳。

該死該死該死！Namnuea ！他要結婚了！你不可以對他有任何妄想！你不想愛上一個即將當新郎的男人吧！

重新認知到這個事實時，Namnuea 頓時感到一陣

寒意……他該怎麼在不迷上新郎的情況下好好完成工作
呢？

等等，為什麼他們會約在這裡？

「那個……Lom 先生，這裡是……」

「健身房。」

我知道這裡是健身房，但我不知道為什麼要來！

Sailom 一開始約自己碰面的地方是在一間百貨公司
裡，Namnuea 直覺他們是要約在裡面的餐廳。直到兩人
走向了熟悉的標誌，看著經過的路人個個身揹大袋子，
裡頭應該裝有換洗的衣物，這個領悟讓 Namnuea 開始不
知所措。

「我每週要健身四、五次，週末除外。」

看著 Sailom 走進了健身房，熟門熟路地向櫃台出示
會員證，站在他身後的 Namnuea 終於知道為什麼這男人
看起來這麼健壯。

一週來四、五次，不就代表平常日他幾乎都會出現

在這裡嗎？

「Lom 先生，那我要怎麼進去？」他連忙問。

「那是你的問題。不好意思，我已經浪費太多時間了。」Sailom 只是挑了挑眉毛，逕自走了進去。

「等等，Lom 先生！」

看著那位頭也不回的新郎，Namnuea 只能著急地站在後方大叫出聲。他不明白為什麼那個人應該在中午就知道婚禮日程有多緊迫，到了晚上卻又表現出一副事不關己的樣子！

「您好，請問您是和 Lom 先生一起來的嗎？」

「呃……」看著櫃台人員朝自己走過來，Namnuea 隨即一愣。

「如果您的朋友是我們的會員，可以免費享受試用期，您有興趣嗎？」

「呃，不用了，謝謝！」他連忙打斷對方的話，搖了搖頭，放棄追上去的念頭，迅速轉身離開了健身房。

像他這種愛吃垃圾食物的人，怎麼可能會想上健身房啦！

Wedding Plan

「該死的，我是被耍了嗎！」

Namnuea 有些垂頭喪氣，自己在交通擁擠的曼谷市區裡浪費時間開車來到這裡，卻面臨了這樣莫名其妙的局面。然而，縱使前方有再多困難，他都必須去克服，如果能做出一套讓顧客百分百滿意的計畫，那絕對會很有成就感！

Step 2

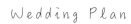

顧客就是上帝，

不管提出來的要求有多刁鑽，都要奉為聖旨。

　　Namnuea 在自己五年的職場生涯中了解到，籌備婚禮是一件非常繁忙的作業流程，但不管要怎麼與時間賽跑，最重要的都是客人的意願。

　　為了讓客人滿意，他要準備大大小小裡裡外外不少的事情，然而這次遇到的案子，新娘卻表現得非常不合常理。

　　「抱歉，如果是關於婚禮細節，可能要麻煩您向 Lom 哥詢問，Yiwa 全部都沒問題。」

　　新娘完全不表示意見，全都交給新郎決定。

　　「那麼 Yiwa 小姐，您不打算拍婚紗嗎？還有關於婚禮的型式，我推薦使用中式圓桌搭配佐餐酒的風格，我們同時也會提供雞尾酒，因為應該會有不少朋友前來參與婚禮，您可以自己選擇。」

「這個建議不錯，但你可以詢問一下 Lom 哥是否同意喔。」

他面對一個可以說是幾乎完全沒有主見的新娘。

「那主題呢，您想要什麼樣的主題？」

「主題？這實在太難抉擇了，大學的時候朋友讓我負責構思一個活動的主題，我想了老半天都想不出來，嗯⋯⋯用很多花去裝飾怎麼樣？但 Lom 哥好像不太喜歡這種風格，Namnuea 先生最好去問問 Lom 哥比較快。」

還是一個完全沒和新郎討論過婚禮的新娘。

「那飯店呢？我發了一封 E-Mail 給您，裡頭有五星飯店的名單，包括了在您預定的婚期內可以預訂的宴會廳，您有特別感興趣的嗎？如果你們想實地勘察，我也可以協助安排預約。」

「我對其中兩間很感興趣，但不知道 Lom 哥會不會接受，我已經把飯店的名字給他了，他會與你聯絡的。還好婚期不算是個大熱門的日子，不然現在應該都找不到場地了吧？」

如果讓她知道準備要結婚的新人都會提前一年決定

場地，而她三個月後就要結婚了卻還這麼猶豫不決，不知道會不會很緊張？

「所有安排都聽新郎的，這樣好嗎？」

該死的你還不快閉嘴！Namnuea！

他自己也知道用這樣的口氣說話就像是責備新娘似的，但不知道為什麼，他就是看不慣。畢竟對新人來說，婚禮的企畫萬分重要，不管是賓客名單或者舉行場地，他實在不懂為什麼新娘要把所有事情全都交給新郎決定。

新娘很好約也很容易搭得上話，但決定權卻都在那個很難約的新郎身上！

婚禮策劃師不是神，他必須要按照新人的喜好去規劃婚禮的內容，然而這對新人幾乎處處讓自己束手無策，讓他難得地有了寧願讓新人父母干涉婚禮並且按照家長指示去做的想法，總也強過漫無目的地盲目猜測。

面對他的疑問，新娘只是笑了出聲。

「我很抱歉造成你們的困擾，尤其 Namnuea 先生是最辛苦的那位。」

　　Namnuea 甩掉內心那個認為新娘對話詭異的想法，決定繼續開口詢問今天一定要得到答案的問題。

　　「Yiwa 小姐已經有賓客人數了是嗎？大約五百人對吧？」賓客人數也是規劃婚禮的一部分，雖然他已收到 mail 通知人數約有五百人左右，但 Namnuea 習慣會再確認一次。

　　「哦，我看到 Lom 哥好像有一份大概的賓客名單，他應該已經算好了賓客的人數，你能直接問他嗎？不好意思，Namnuea 先生，我還有事，先掛電話了喔。」

　　新娘下一秒立刻掛斷了電話，不給任何回話的機會。

　　Namnuea 看著被掛斷的電話張大了口。

　　「該死的！她真的要結婚嗎？」他用力地揉了揉自己的頭哀嚎出聲，惹來 Imm 姊與其他同事的側目。

　　「Namnuea，你怎麼回事啊！」

　　這個問題讓 Namnuea 直接趴在桌上，忍不住小聲咕噥：「沒有賓客人數、沒有結婚場地、沒有婚禮的內容，新娘和新郎都還沒去試穿禮服，要是來不及怎麼辦啦？我甚至沒有任何方向可以規劃婚禮主題，新人都不配合

的話，婚禮還舉行得下去嗎？」

他一股腦地全都宣洩了出來，重重地嘆了一大口氣。

「你有時間在這裡抱怨，不如抓緊時間趕快聯絡。」Imm 姊沒好氣地說。

Namnuea 看了她一眼，再度嘆了口氣。

「知道了，我不抱怨了，我先跟新郎聯絡。」他深吸了一口氣，試圖控制迅速湧起的壓力和焦慮，再拿起手機按下新郎的號碼。

「我說過了，我不喜歡在電話中談重要的事，你今天晚上可以來找我。」

沒有任何轉圜餘地，如果不是新郎同意支付活動場地費用五十萬，再加上之前已預付的三十萬，以及婚禮預算無上限，他應該會選擇直接放棄。

「好的，今天晚上見。」

他終究還是接受了這個提議，然後轉頭看向他那位正在悠閒喝咖啡的上司。

「對方讓我去健身房找他。」

Namnuea 幾天前把這件事告訴了 Imm，碎唸了幾句。

「這是你鍛鍊身體的好機會，Nuea。如果你要繼續跟 Sailom 打交道的話，我認為你需要擬定一個計畫。」Imm 面帶笑意地拍了拍他的肩膀。

「妳瘋了嗎？我怎麼可能一直去健身房找新郎談事情？」Namnuea 沒好氣地回，「健身房的費用能報公帳嗎？」

「你在做夢嗎？」Imm 姊毫不猶豫地駁回，讓他閉上了嘴巴。

「所以，我接下來三個月的薪水全都要貼到健身房的會員費去了嗎？這樣有什麼意義啊？」他一點都不想上健身房，這幾天光是工作就讓他忙得不可開交，每天身心疲憊，怎麼可能還有力氣去運動？

「你可以另找解決途徑，但別忘了跟他談到婚紗的事，也別忘了還要拍婚紗照。」Imm 又用捲起來的紙張敲了他的頭一下。

「遵命，Imm 姊……」Namnuea 只能認命地繼續面對現實。

健身房前有一個沙發區，讓客人可以坐在那裡聊天，而現在時間已經快要八點了。

Namnuea 只能百般聊賴地嚼著口香糖，繼續等待著。他和 Sailom 約好七點半碰面，還特地提早抵達並向健身房的工作人員表示他不是來健身，只是在等一個準備要來的會員，然而直到現在仍然沒看到那個人。

打電話給對方，得到了路上塞車的回應，Namnuea 只能試圖讓自己冷靜下來耐心等候。

直到手錶的長針走向了十二的位置，告訴他現在已經八點。

「Lom 先生，您好。」他看到玻璃門另一頭的身影，那個等了很久的男人終於提著大袋子現身。

「嗨，抱歉我遲到了，你能等我一個小時嗎？我約了八點的教練。」

「什麼？」Namnuea 伸手準備抓住人，但 Sailom 的動作比他更快地向櫃台的工作人員說：「能給我朋友一張

婚禮計畫

表格嗎？他想進去參觀一下。」

「沒問題，Lom 先生。」工作人員向他點頭示意。

Sailom 丟下這句話後便大步走進了健身房，留下 Namnuea 傻在原地。即使他後來還是填好了工作人員給的表格，但像他這種討厭運動的人要進健身房，簡直是場災難啊啊啊！

Namnuea 不是沒進過健身房，但通常都止於飯店裡的設施，像 Sailom 這種愛好健身的人常會使用到的器材，對 Namnuea 來說都有些可怕。

例如，Sailom 現在正在鍛鍊自己的手臂，用著那些 Namnuea 根本碰都不想碰的設備，而滿屋子前來健身的人更是讓穿著牛仔褲及襯衫的自己顯得格格不入。

雖然他認命地填寫完表格也回答了很多問題，卻不打算接受教練的安排，只是在所有流程都完成後迅速走進健身房。

「Yiwa 小姐讓我來向您確認賓客人數。」他沒忘記自

己的目的，筆直來到了 Sailom 身邊詢問著。

那位穿著運動褲及深色背心的男人正集中注意力控制著呼吸，也就難怪他沒有回答問題。

「Namnuea 先生是 Lom 先生的婚禮策劃師嗎？」站一旁的年輕教練 Khram 開口問。

「很抱歉打擾了。」Namnuea 對他一笑。

要是自己不出現在健身房的話，新郎根本不會跟他對上話。

雖然面前的教練外表不如新郎那麼帥氣逼人，但至少看起來不會刁難別人。

「沒關係，只是 Namnuea 先生不打算使用健身器材看看嗎？」

好吧，看來他開始準備要推銷課程了。

Namnuea 環顧四周，老實說，這裡頭養眼的人比自己在餐廳裡看的要來得多，但想來這裡欣賞男人，就得花上大筆白花花的銀子啊。

他的舉動看在那位教練的眼裡，卻有不同的想法。

「每個人都能擁有好身材，鍛鍊肌肉會比節食更有用

的喔。」

這是在拐個彎說他胖嗎？Namnuea 露出一個乾笑。他的身材確實不如健身房裡其他人，而且身上的肌肉也不像 Sailom 那樣結實。

「我覺得 Nuea 先生這樣已經很好了。」

然而此時替他解圍的，竟然是那個令人覺得很難搞的新郎。 Sailom 抓起毛巾擦了額頭上冒出來的汗，抬起頭來發話。

「你保持這樣就好。」Sailom 繼續說。

「既然 Lom 哥都這麼說了，我好像也不能再說什麼。」

Namnuea 一點也不在意教練到底說了什麼，他只注意到 Sailom 一直看著自己，臉上開始有股莫名的燥熱。

「我覺得這樣的 Nuea 就很好了。」Sailom 露出一抹笑意說著。

Namnuea 陷入了沉默。一直以來，他的朋友都認為是自己太放縱而導致體重增加不少，還有人調侃他是個同性戀還不懂得照顧自己，所以才會被男朋友拋棄。老

實說，因為工作忙碌的關係，他很難在日常作息裡做出重大的改變，所以 Sailom 的話讓他百感交集。

雖然對 Sailom 很有好感，但 Namnuea 仍沒忘記要和他結婚的對象是一位身材苗條的美麗女孩。

「謝謝您，Lom 先生。那個關於賓客的數量……」腦海中浮現新娘的臉龐時，他又記起自己的職責，立刻開了口接話。

Sailom 喝了一口水，笑笑地回：

「我有一份賓客名單放在更衣室裡，等我這裡結束了再去拿給你，賓客人數比我們之前討論的要多。」

我就知道。

「那飯店呢？ Yiwa 小姐說她把自己喜歡的飯店寄給了 Lom 先生決定，這兩個地方都可以擴大來客數。」

「你覺得呢？」新郎開始準備將第三個舉重槓片放進舉重桿裡。

「我推薦第一個，除了交通便利外，飯店的裝潢可以設置不少主題，升高的舞台適合擺上婚禮蛋糕，我和他們配合過很多次，都沒有什麼大問題。」Namnuea 看了

一下手邊的資料。

而且那間飯店給他一種舒適感，舒適到自己甚至可以忘記這個新郎有多難搞。

「那就隨你的喜好去做吧。」

他有沒有聽錯？這男人居然用「隨你的喜好去做」這幾個字來回答？天啊，這世上怎麼會有這種新郎？！

「Lom 先生不考慮其他地方及預算了嗎？」

「不了，我相信你。」

Namnuea 瞪大了眼不敢置信，呆站在原地看著對自己露出笑意的男人，從他的眼神裡讀出了信任，這個察覺讓他兩頰再度發燙。

「相信」這個詞讓他的心臟抑制不住地狂跳。

一開始還對這對新人有偏見的 Namnuea，現在突然間感覺信心爆棚，很少會遇到像 Sailom 這樣對自己工作能力充滿信任的客戶，於是他回以一抹大大的笑容。

「謝謝您信任我，我保證這場婚禮能讓您永生難忘。」

「是的，我也這麼認為。」

不知道為什麼，Namnuea 從 Sailom 那犀利的雙眼裡看到的不只是笑意，還帶著一絲狡猾？那好看的嘴角勾起的弧度有些深不可測。

「一定會很難忘。」

Namnuea 表面上笑著附和，內心忍不住懷疑自己是不是漏掉了什麼環節？導致一直不由自主地去猜測這場婚禮的結果可能不會太好。

算了吧，應該是想太多了。

「哦，還有禮服要試穿，是嗎？」一開始對婚禮還興致缺缺的新郎突然提起了話題，大大地增加了 Namnuea 想要把話題延續下去的動力。

正在健身的新郎繼續做著他的重訓。

「事實上，我正想和 Lom 先生商量這件事，看您和 Yiwa 小姐何時方便，如果是訂做婚紗可能需要三到六個月的時間，但我認識很多婚紗店和設計師有現成款式，這樣應該能快一點決定禮服，只是保險起見，最好能在本週試穿。」

「太麻煩了。」

婚禮計畫

該死的新郎，你覺得結婚是件很簡單的事嗎？

看著搖了搖頭的 Sailom，Namnuea 忍不住在內心狂吐槽。儘管真的很喜歡他那張臉，但同時也沒忘記這男人正在拖延自己的婚禮企畫進度。

「你一定要我們去嗎？」Sailom 轉頭看向他。

「是的，這是我的工作。」

「好吧，你星期六早上十點有空嗎？」

「好的，是要約在餐廳碰面嗎？」

Namnuea 因為工作有了進展而顯得十分熱絡，但對方卻搖了搖頭。

「我們約在辦公室見面吧，你可以搭我的車。」

雖然新郎的提議讓他有點不是太滿意，畢竟繞去他的辦公室還不如直接去婚紗店，但工作進展得這麼順利時，似乎也沒有什麼理由拒絕，他只想快點離開這裡，因為健身房裡的人越來越多了。

「等我幾分鐘，Nuea 先生，我會告訴你詳細內容。」難搞的新郎轉身對著他的教練說了幾句話，便走進了更衣室。

Namnuea 連忙跟在他身後，目光放膽梭巡著那個高大的背影，寬闊的肩膀，結實的手臂肌肉，精壯的腰間和翹臀……眼前的景象讓他忍不住嚥了口口水。

要是能跟他發生一次關係就好了……

等等！Namnuea 你在想什麼？那人是你的客人欸！

Namnuea 猛地回過神，強迫自己驅散腦海裡那奇怪的幻想，但卻無法不去看那男人，並且還克制不住地伸出了手。

能摸他一下嗎？

他的指尖距離眼前的男人只剩一點點距離。

「Nuea 先生。」

啊！該死的！

沒想到 Sailom 會突然轉過頭來喊他的名字，由於太專注於那完美的身材，導致他沒意識到有另一個人也往更衣室的方向走去，所以直接撞上了那個人。

「你沒事吧，Nuea 先生？」Sailom 眼明手快地抓住被反彈的 Namnuea，強而有力的手指緊緊地扣住他的腰。

「我、我沒事！」

「對不起，我代替我朋友向你道歉。」Sailom 看著被 Namnuea 撞到的人，開口道歉。

「沒關係的，我也沒仔細看路，不好意思。」對方不以為意地笑笑，便繞開他們走進了更衣室。

「你有沒有怎麼樣，Nuea 先生？」

「呃⋯⋯我沒事。」

他張大了雙眼，感覺心臟狂跳個不停，清楚知道自己距離 Sailom 的胸膛超近，前方傳來的熱度源源不斷地傳到體內、蔓延全身；男人的手強而有力地環住了自己的腰，他甚至能聞到對方身上傳來的香水及汗水交雜的氣味。

那個味道並不臭，他甚至覺得很性感。

「Lom 先生，您可以鬆手了。」

「你真的沒事嗎？能站好嗎？」然而新郎並沒有鬆開手，反而俯身靠近了他，灼熱的呼吸和氣息就噴在 Namnuea 的臉上。

太近了！距離太近了！

「我可以的，您可以鬆手了。」他想強迫自己用正常

的口吻，但聲音明顯在顫抖。

　　Sailom 鬆開了放在他腰際的手，轉而扶住了他的手臂，後退了一步，但兩人距離仍然很近，Namnuea 不得不低下頭，整張臉發燙不已。

　　他不知道此時此刻自己的表情有多尷尬。

　　「沒事就好。」

　　Sailom 低沉的聲音就近在耳邊，Namnuea 害羞得不得不囁嚅地表明自己沒事，就算沒有抬頭也能猜得出他靠自己有多近。

　　一想到那帥氣的臉再加上緊握自己手臂的大掌，Namnuea 覺得心臟都快要從口中跳出來了。

　　等等！我在想什麼？我在幹什麼？這個男人要結婚了啊！

　　Namnuea 在內心瘋狂暗斥自己不該有的念頭，他必須把自己導回正軌，因為這樣的事絕對不被允許。

　　「Lom 先生……您要……」

　　結婚這幾個字還沒有說出來，他就聽到後頭傳來的聲音，下意識抬頭看向聲音的來源。

只見 Sailom 的大手打開了 Namnuea 身後的置物櫃。

「你想說什麼呢？」新郎低頭看了他一眼，揚起困惑的眉毛，似乎沒有察覺面前人兒內心有多緊張激動。

Namnuea 再也忍受不了這樣的近距離，於是往後再退了一些。

「不……沒事……」

他差點以為新郎準備要吻自己了！

「你怎麼了？看起來有點不對勁。」

「不，我沒事，Lom 先生不要想太多。」他感覺自己正在輕輕顫抖，甚至不敢再看那個從櫃子裡拿出資料的男人，直到那份資料擺到自己眼前。

「這份資料給你。」

「謝謝，那麼我今天就先走了，星期六再見！」Namnuea 手快地接過資料，立刻大聲道別，以最快的速度衝出更衣室、離開了健身房。

「該死的，這工作對我的心臟實在太不健康了！」他一離開健身房後便緊摀著左胸，喃喃自語。

另一方面，在更衣室裡的新郎則笑得萬分燦爛，他

看著 Namnuea 匆忙離去的背影，可以想像那人的臉頰有多紅，因為老實說——自己也一樣。

手上仍殘留著剛才觸碰到的柔軟感覺，他很喜歡這次的親密接觸。

不知道 Namnuea 有沒有注意到，自己雖然外表看起來很鎮定，其實心跳也是狂飆個不停，這是他最真實的想法，但他卻無法表達出來。

「這個碰觸很美好……」他輕輕低語，隨後將置物櫃關上，臉上的笑容越擴越大。

他無比喜歡這個柔軟又溫暖的擁抱。

Step 3

有沒有哪本書提到暗戀新郎是大錯特錯的事？

「Nuea，你怎麼了？」

「……」

這幾天來，辦公室裡常會看到這樣的情況。名字的主人時不時會看向天花板、咖啡杯、檔案夾然後發起呆來，大家都在納悶他到底發生了什麼事。這情況持續到今天早上，他的上司 Imm 姊終於無法忍受地開口詢問，而對方卻沒有一點回應。

「Nuea。」

回應她的依舊是一片沉默。

「Nuea。」

仍然是沉默。

「欸 Nuea ！」最後她受不了地拿起檔案夾打了他的頭。

「噢，好痛！」

那個發呆的人回過神來呻吟出聲，嗔目看著對自己痛下毒手的人，而她一臉嚴肅。

「你是怎麼了？拍你也不回應，叫你也不回答。」

「這裡又不是軍中，Imm 姊也不是教官，為什麼一定要回妳，還是說如果不回應，妳要扣我薪水？」

「你竟敢嗆我？」

「難道我得跪倒在妳的面前嗎？」

Imm 抿了抿嘴，她用檔案夾敲著自己的掌心，不想讓 Namnuea 發覺自己在想什麼，而 Namnuea 則繼續發著他的呆。

「你不需要跪倒在我面前，只要告訴我發生什麼事就好。」她的口吻有著掩不去的擔心。

Namnuea 聞言嘆了口氣，他不知道該怎麼把自己的心情告訴 Imm 姊。

他已經在這個行業工作了好幾年，對一個新郎動心這樣的事，怎麼說得出口！他們的工作應該是要為新人設計一場完美無缺的婚禮，但這次的他居然如此違反職業道德。

喜歡上新郎讓他對新娘有著份愧疚感，他不能當那個破壞人家的第三者。

「沒……沒事。」

「是哦，沒事？」Imm 姊的語氣裡有著明顯的質疑。「我昨天向花店確認明天活動的數量，卻得知你把數量訂錯的事，另外你還把錯誤的企畫發給客人，他們想要的是柔和的色調，你卻在企畫書上寫下紅色的裝飾，即使我們現在很理智地在討論這些事……但 Nuea，這一點都不像你會犯的錯。」

Namnuea 佯裝看了一下手錶，像是想起什麼似地倏然起身。

「哦，我都忘了跟客人有約，先走一步了，很抱歉我犯下的錯誤。」犯錯已經夠讓他心灰意冷了，再聽 Imm 姊重複數落只會更加打擊他。他連忙抓起公事包，準備溜之大吉。

「你回來我就要你好看！」Imm 姊在他背後大喊。

說真的，Imm 姊到底算他的上司還是老媽？但不可否認的，她很照顧自己，從一開始帶他入行便教導他所

有的工作細節，給了他種種嘗試的機會，直到他能按照自己的步調去工作。

Namnuea 喜歡婚禮，儘管他只能以一個企劃者的角色參與其中、進行所謂的前場佈置，但能看到新人洋溢幸福甜蜜的笑意，這一切對他來說就已足夠。為了營造那樣的美滿氣氛，他會用盡所有努力讓與會的賓客也都感受到這樣的愉悅。

而這次肯定會是他最難忘的一次……因為他居然對新郎動了心。

「如果撞牆不痛的話……我真想撞牆……」

鈴——

就在他走出電梯時，手機也同時響起，他看向來電者。

「您好，Lom 先生。」

「我應該把車開到門口，還是開進裡面？」

「您開到門口就好了，我立刻出去。」

匆忙和對方結束通話，Namnuea 又嘆了口氣。

試婚紗……又是一個難熬的日子，新郎和新娘穿婚

紗會有各自不同的難處，要是父母加進來攪和的話，這個難處會再加倍。雖然不是每個人都會拉著長輩一起試婚紗，但大部分的新娘都會想徵求親友的意見，所以去到婚紗店的可能不只新郎，應該會有更多「貴客」等著自己去應付。

Namnuea深吸了一口氣，強迫自己專業地面對挑戰，露出一抹笑容。就在這個時候，他看到一輛黑色BMW從遠方開了過來，優雅俐落的車身吸引不少路人的目光，然而，這並不是讓他最震驚的事。

最讓他震驚的是——新郎今天穿著深色牛仔褲，讓一雙大長腿展露無遺，上半身即使搭了簡單的白色Ｖ領Ｔ恤以及棕色外套，也完全掩蓋不了一身的帥氣；他將太陽眼鏡插在上衣領口，隨意放下的髮型看起來更率性，稜角分明的臉上帶著笑意。

沒想到只是換了套衣服，他就能有如此大的變化，看起來更平易近人，但依舊是那麼魅力四射。

只不過，不管再怎麼欣賞他，他都是有老婆的人了！Namnuea再次深吸了一口氣，試圖讓自己在他面前

表現平穩，走上前去打招呼，看了一眼那輛 BMW。

現在反而是車子讓他感覺很不自在。

那竟然是只有兩人座位的轎車，要是車上坐了新郎跟新娘，就必須要開另一輛車跟著走。他可不想擠進那狹窄的後座。

「早安，Nuea 先生，這裡請。」

當 Sailom 下了車打開副駕駛座的車門時，Namnuea 無法掩飾自己的震驚。

「Yiwa 小姐呢？」

「她不會跟我一起去，我自己來接你。」

他在說什麼？難道新娘不去試婚紗嗎？

似乎是看出了他臉上的疑惑，Sailom 解釋道：

「她會自己去婚紗店，我不是發了一份今天要去的婚紗店清單給你嗎？Yiwa 認識第一間店的設計師。」

「所以，她是自己過去嗎？」

「嗯，我想應該是這樣。」

「既然是這樣的話，Lom 先生不用刻意來接我的，我們可以直接在婚紗店碰面，讓你開這麼遠的車有點過意

不去。」Namnuea 笑笑地說。

「那麼，你就報答我吧。」

Namnuea 聞言一愣。

誰叫你來接我的？還在扯什麼報答，要不是你是客人，我早就臭罵你一頓了。

但他只敢在心裡翻白眼，不敢罵出口。

「報答……什麼？」

Sailom 沒有正面回應，只是臉上有著掩不去的好心情，他打開了副駕駛座車門請 Namnuea 入座，自己則走回駕駛座。

看著那個剛才幫自己開車門的男人此時就坐在駕駛座上、握著方向盤，Namnuea 覺得有股莫名的詭異感。

「Nuea 先生吃過早餐了嗎？」

「啊？」這句話讓 Namnuea 對上了 Sailom 的雙眼，在看到他臉上帥氣的笑容時，不太自在地別過頭去，「只吃了一點……」

「那這樣的話，就以朋友的身分一起去吃早餐吧。」

Sailom 的表現讓 Namnuea 內心的異樣感越來越濃。

　　第一間要試婚紗的店十一點才開門，而且離 Namnuea 辦公室很遠，再加上新郎本人也遲到了，所以 Namnuea 選擇的早餐就是……麥當勞。

　　「你要點什麼？」

　　「豬肉滿福堡套餐。」

　　老實說，如果不是跟 Sailom 一起來的話，自己應該會點雙倍豬肉滿福堡套餐加蛋，但因為是和一個成天上健身房、熱愛運動的帥氣男人一起來這裡，導致 Namnuea 不好意思讓他看到自己正常的食量，更別說他和自己點了一樣的東西。

　　「Lom 先生，這是我點的餐。」Namnuea 見他毫不遲疑地掏錢出來結帳，連忙說道。

　　「沒關係。」

　　「不行，我怎麼能讓您請我呢？」他搖搖頭。

　　「不是的，是我強迫你和我一起用餐，一頓早餐而已，就別拒絕我了。我另外還有件事想麻煩你。」

　　「什麼事？」Namnuea 不解地看著他。

　　Sailom 只是笑了笑，沒有正面回答問題，便將車開

到取餐窗口。

　　直到他遞來一個棕色紙袋，Namnuea 才知道所謂的麻煩是指什麼。

　　「能幫我在咖啡裡加奶油球嗎？不加糖。」

　　Namnuea 聞言照做，沒有任何抗拒，他把奶油球加進咖啡後輕搖了一下，再遞給對方。

　　「小心點喝，有點燙。」

　　「那不然，你先幫我拿薯餅好了。」

　　Namnuea 將咖啡放在一旁的杯架上，從袋子裡取出了薯餅，上頭甚至還冒著熱煙。他用一張衛生紙包好薯餅，準備遞給 Sailom。

　　「小心點，這個也很燙。」

　　「唉唷！」

　　「啊，Lom 先生！」

　　Sailom 還沒來得及聽完警告就被薯餅燙到了手，而那塊油膩的薯餅就這樣掉在他的大腿上，Namnuea 連忙拿了起來，迅速地抽起衛生紙擦在 Sailom 價值不菲的褲子上。

「我不是說了要小心，燙到了嗎？」

「沒關係，我的褲子很厚，沒被燙到。」

「但您的褲子沾到油漬了，要快點擦掉。」他低下頭想擦掉殘留在褲子上的油漬，完全沒有注意到自己此時距離 Sailom 的敏感部位很近……

等到他意識過來時，才驚嚇地往後一退。

「抱、抱歉，我不是故意的！」

Namnuea 的眼睛對上了 Sailom 銳利的雙眸，如果不是因為車窗夠暗，也許在外人眼裡看來，自己剛才就像在用嘴幫他做些奇怪的事。

「沒關係，我知道，該道歉的應該是我。」對方不以為意地露出了笑意，讓 Namnuea 鬆了一口氣，他覺得自己因為剛才的事全身都在顫抖。

「你能餵我嗎？」

「什麼？」Namnuea 提高了音量。

「我不太擅長燙的東西，容易不小心被燙到，但因為預約的時間已經晚了，又不能停在路邊吃。」

Namnuea 忍不住揚起半邊眉毛，眼前這個對自己的

婚禮完全沒有熱情的新郎，居然會想要準時趕到婚紗店。

「您不能自己拿嗎？」

「可能沒辦法。」

Namnuea 現在似乎也沒有其他選擇，只能把薯餅放到 Sailom 嘴邊。

「我就幫你這次。」

Namnuea 在內心暗自告訴自己，就幫他這一次，就靠近他這一次，在試完婚紗後，就不需要再這樣和他近距離接觸了。

雖然以他這個婚禮企劃師的身分餵新郎吃早餐是件很奇怪的事，但 Namnuea 還是忍不住盯起了對方的嘴唇，就只是看著應該不犯法吧？⋯⋯他真的很想知道 Sailom 是否擅長接吻。

驀地，Namnuea 渾身一震，不是他在想奇怪的事被發現，而是那個司機在吃完最後一口薯餅時，竟然輕咬了自己、還用舌尖碰觸了他的指頭！

Namnuea 已經很久沒有體會這種一股電流竄遍全身的滋味，最後一次應該是和大學男朋友牽手的時候，但

現在的他卻又有了同樣的感受。那股電流在他身上麻麻地蔓延，從手指一路通過肩膀來到腳趾，讓他只能呆愣地看著司機。

「抱歉。」

不知道為什麼，他總覺得對方好像……故意的。

才幾秒的時間過去，對 Namnuea 而言卻彷彿隔世之遠。他連忙收回自己的手，小聲地回了一句「沒關係」，接著享用起自己最愛的早餐。

本該是好吃又美味的早餐，此時他卻食不知味，不管漢堡裡加了多少醬汁，縈繞在他腦海裡的只剩剛才指尖被溫熱唇瓣觸碰的奇妙感覺。

明明是和男友才該有的感覺，為什麼現在是由這個快要結婚的男人帶給自己？

這個感覺雖然很美妙，但 Namnuea 並沒忘記對方的身分，內心的矛盾和百感交集讓善於炒熱氣氛的他只能陷入沉默。

車子停在知名的婚紗設計店前一頓，將他遠飄的思緒拉了回來。

「等等，Nuea 先生。」

當 Namnuea 準備要走出去時，一隻手卻被司機牢牢地抓住。他疑惑地對上那雙有神的眼睛，而那位司機正露出一抹笑意。

他那清澈的雙眼讓單身許久的 Namnuea 心裡發出了警告響鈴，但新郎明顯並沒有察覺 Namnuea 的內心大戲，一隻大手緩緩地靠近了他。

「你要做什麼？」他連忙別過頭去。

不行，這樣真的不行！

他內心的警告鈴聲越來越強烈。

「別這樣，Nuea 先生。」Sailom 一手抓住了他的手臂，另一手則輕撫他的臉頰。

Namnuea 不知道該怎麼辦才好，只能在內心暗自咒罵。

該死的！你是雙性戀嗎？就算是雙性戀，你都要結婚了你知道嗎？

「你不應該有這樣的舉動。」

直覺讓他知道 Sailom 對自己很感興趣，但即使自己

對這個帥氣的男人很沒有免疫力，還是必須口頭警告。

然而，帥氣的新郎只是挑起一道眉毛。

「我只是想說，你的嘴角沾到醬汁了，就在這裡。」Sailom 一邊說一邊舉起擦向他嘴邊的手指，臉色平靜。

Namnuea 看了看 Sailom 的手指，瞪大了眼睛，不知道該怎麼反應的他只好一陣乾笑，快速拿起衛生紙擦著自己的嘴巴，發現上頭真的沾了蕃茄醬。

Sailom 鬆開了自己的手，淡淡地說：「你著急地想要下車，我只是想提醒你而已。」

「謝謝！然後……對不起！」

Namnuea 覺得自己丟臉丟到外太空了，連忙飛快下了車，頭也不回地走進了婚紗店。

在車裡的 Sailom 忍不住大笑出聲，看著自己手指上的蕃茄醬，伸舌輕舔了起來。

「真甜。」

他臉上笑容越擴越大，讓人不知道他所謂的甜到底是指蕃茄醬，還是沾上蕃茄醬的嘴。

他拿起咖啡喝了一口，雖然上頭仍有熱氣，但已不

復先前燙口，直到慢慢把咖啡喝完了，他才拿著杯子下了車，吹著口哨，心情愉悅地將杯子扔進店門前的垃圾桶裡。

要是早知道負責婚禮的人會這麼有趣，他應該更早就接受 Yiwa 的提議。

「其實也不算太晚。」

Sailom 看著手機傳來的訊息，上頭有著 Yiwa 發來的短訊，祝他今天玩得愉快。

他會的。而且會玩的比她想像的還要愉快。

「什麼，您說新娘不能來了？！」

Namnuea 強迫自己以冷靜的口氣再度確認。幾分鐘前，他才向婚紗店的員工打聽新娘是否已經來到現場，因為沒有任何跡象表明她就在店裡，直到再也忍耐不住地跑去問那個看起來一臉鎮定的新郎，得到答案後，Namnuea 忍不住大叫出聲。

「我說，Yiwa 今天不會來試婚紗，她有急事，我會自

己一個人先試穿，而且她本來就打算自己試婚紗。」

「那您為什麼不早點告訴我？」

他想要持續大吼大叫，但出口的聲音卻很虛弱。

「我早上沒告訴你嗎？」Sailom 揚起半邊眉毛問。

Sailom 早上除了舔他的手指、擦他嘴邊的蕃茄醬，他還做了什麼？！ Namnuea 覺得自己都快要打破道德的界限了！除此之外，他什麼都沒聽到！

「不，您只有說 Yiwa 小姐會自行來這裡，因為她認識這裡的設計師。」他確定自己沒聽錯，而且對方也只講了這個。

「我只告訴你，她認識這裡的設計師，我沒告訴過你，她今天會提早來這裡。」

好吧，Sailom 確實沒說過這樣的話，Namnuea 承認自己被誤導了，但即使如此，他還是感到不滿，只是最終只能選擇妥協，然後向對方道歉。

「我很抱歉。」

「沒關係，你不用道歉。」

「我真的很抱歉。」

看著姿態放軟、語調明顯示弱的 Namnuea，Sailom 繼續說：「Nuea 先生，請別生我的氣。」

　　我有什麼資格生氣呢？又不是不要這份工作了。

　　「不，我沒有生氣，只是……Yiwa 小姐會自己來試婚紗的，是嗎？」他把話題繞了回來。

　　「是的，她應該下週就會過來，不必幫她重新安排時間，因為她打算和她朋友一起來。她心中已經有一個想法了，到時應該能自己打理，至於訂婚禮服，我家人會處理。」

　　這番話意味著他一開始就知道新娘不會出現。

　　「那麼，Lom 先生要試穿一下嗎？」Namnuea 壓抑內心急速高升的不滿，將目錄交給了他。

　　很多人認為新郎的婚服就只能是西裝，但其實新郎可以選擇西裝、燕尾服或者晨禮服，配合各種顏色，例如奶油色、金色、白色和黑色，此外還可以挑選西裝的翻領，搭配出不同的風格。

　　「你覺得哪種款式比較好？」

　　「您的外型很出色，我認為不管是哪種款式都能駕

馭。」這不是在說場面話，他真心如此認為。

Sailom 一笑，指向型錄上的兩套西裝，開口問：「金棕色和奶油金，你喜歡哪個顏色？」

「Lom 先生應該徵求 Yiwa 小姐的意見。」

新娘和新郎的顏色應該要相互搭配。

「等會兒試完裝再拍張照發給 Yiwa，你可以先幫我決定哪個顏色比較好。」Sailom 搓了搓下巴，繼續把問題丟回來。

Namnuea 上下掃了他一眼，指向另一套西裝，「我喜歡這套灰色的西裝。」

「那就先試這套吧。」Sailom 面帶笑容地對著工作人員說。

看著 Sailom 和工作人員一起走進試衣間的背影，Namnuea 才力氣放盡般癱倒在沙發上。

「唉，光是第一家就這麼累。」

一般來說，大部分新人會試三間店左右的婚紗。新娘往往很難找到自己真正喜歡的那件禮服，而新郎更有可能會拖到最後一間，Namnuea 早就習慣看他們各種試

裝及不滿意的臉色，至少 Sailom 決定動起來了，這是個好的開始。

這次也許在第一間店就能決定好禮服。Namnuea 滿懷希望地一邊當攝影師幫忙拍照，並藉由店內印表機將照片印出來。

「你覺得這套怎麼樣？」

「看起來不錯，很羨慕新娘子。」店員笑著看向了 Namnuea，似乎更想徵詢他的意見，而後者只是抓了抓頭，像是注意到了什麼朝新郎走去。

「不好意思。」他動手替新郎調整了有些歪掉的領結。但他沒注意到的是，新郎此時也低下了頭，銳利的雙眼盯著他看，嘴角勾起一抹弧度。

「好了，這樣看起來很帥，您所試的每套西裝都很好看呢，Lom 先生。」Namnuea 往後退了一步，抬起頭對上他的笑容。

「那你最喜歡哪一套？」

「呃，我？」

「嗯，我想要聽聽你的意見。」他邊說邊走到放著照

片的桌前。

「每套我都喜歡，您穿起來都好看。如果就我個人的觀點……我喜歡這套奶金色的西裝，襯衫和背心領帶都很適合。」Namnuea指著其中一張照片。

「是嗎？」Sailom走到他身邊，和他四目相接，用低沉的嗓音開口，「那這樣的話……就決定這套吧。」

Namnuea聞言瞪大了眼。

「我說過，我相信你的審美。」

Sailom的話讓Namnuea陷入一陣沉默，「信任」這個詞對於像他這種從事婚禮企劃的人來說是很好的稱讚，就算會有伴隨而來的壓力，但不可否認的，Namnuea喜歡這樣的成就感。

信任這個詞能夠鼓勵他繼續下去，儘管新郎其實萬分難搞，然而自己卻止不住地為對方心動。

他覺得自己越來越喜歡這個人了，雖然只能偷偷地關注，但這樣應該就已足夠。

最後，Namnuea別開了視線，不想去對上Sailom炙熱的雙眼。

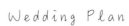

　　他並沒有注意到一旁的店員正用奇怪的眼神注視著他們，因為兩人的互動看來一點都不像是正常的朋友。婚禮策劃師帶著新郎來試裝，新郎卻徵詢了他的所有意見，並且同意他的所有決定，這很難不讓人想歪——

　　新娘到底是另一個女人，還是這個男人呢？

Step 4

如果暗戀一個人沒有錯……
那暗戀新郎有沒有關係呢？

　　婚紗試裝進行得很順利，約莫要兩星期才能完成禮服的調整，之後 Namnuea 打電話聯絡了飯店，帶新郎參觀了實際場地和討論細節。值得慶幸的是，由於 Sailom 說他相信自己的審美，讓行程得以流暢進行，雖然他有時很想吐槽到底誰才是新娘，但事情進展很順利的情況下，他也懶得再去爭辯。現況如此令人滿意，實在沒有抱怨的理由了，以至於新郎約他去吃飯時，Namnuea 幾乎沒有猶豫就同意了。

　　「剛好可以跟你總結一下進度。」

　　「可以暫時不要聊這個了嗎？我忙了一天很累。」

　　儘管 Sailom 這麼說，但好不容易逮到機會的 Namnuea 並不打算就此放棄，畢竟下次要像這樣再找一天跟他對話，還不知道要等到什麼時候。

89

婚禮計畫

　　「您應該知道舉行結婚典禮並不是件容易的事。」Namnuea 看著 Sailom 鬱悶的臉，忍不住笑出聲。

　　「我知道不容易，所以才請你來協助處理。」

　　雖然這句話似乎在一開始就聽過同樣的內容，但這次聽到的感受不再像第一次那樣感覺被羞辱。

　　「人們之所以要僱用婚禮策劃師，目的就是要減少婚禮上的混亂，但所有準備都必須要在新郎與新娘的協助之下才能完成。Lom 先生，婚禮不是天天都進行，一輩子只會有一次，所以請您耐心一點，相信我，最後您會收獲回報的。」

　　Namnuea 已經數不清第幾次用這樣的話安慰新人了，但這次卻比以往都要來得認真嚴肅，因為這對新郎和新娘看起來好像都不太在意婚禮。他自己也曾偷偷猜測過這兩人是否真的要結婚，不然怎麼會看起來都興趣缺缺的樣子，和一般新人的反應太不相同了。

　　「既然你都這麼說了，那我就相信你吧。」Sailom 面帶笑容地轉過頭來，將車停在海邊的餐廳，「我很喜歡這間店。」

這裡位於昭披耶河畔*，散發一種舒適的氛圍，比起那些高樓豪華餐廳，給人一種簡單大方又不失高貴的氣氛，讓 Namnuea 感到放鬆不少。

　　「這間店感覺不錯，應該很適合舉辦小型婚禮。」他不由得有感而發。

　　「都來這裡了，你還只想著工作？」Sailom 輕笑出聲。

　　正如他所說的，因為他很喜歡這裡，已經是常客，當店長看到他出現，便立刻幫他們安排到河畔座位，桌上被點亮的燭光憑添了些許浪漫氣氛。

　　如果今天和 Namnuea 一起來的人不是即將要結婚的人，他可能會更加放鬆。不管怎麼說，這都是一項注定得不到回報的投注。

　　「你今天看起來心情好很多。」

　　「Lom 先生願意好好合作，事情能順利進行，我當然心情很好。」Namnuea 也直截了當地說，可能是因為所

---

* แม่น้ำเจ้าพระยา 昭披耶河，泰國最主要的河流，也是泰國第一大河。

有事情都按照原定計畫走，讓他變得更敢說實話，再加上這陣子跟對方相處下來，知道 Sailom 並不是一個容易生氣的人。

另外，他也想表現更專業一些，而不是那個因為被抹去蕃茄醬就滿臉通紅的白癡，那真是他的人生恥辱之一。

「說的好像我很難搞似的。」

「我沒有這麼說。」Namnuea 拿起菜單看了一眼，像是想起什麼似地繼續開口，「對了，我會請飯店的廚師準備婚宴的試菜。」

「你可以稍微暫停一下嗎？我已經聽膩婚禮的事了，好累。」

Namnuea 實在很想問 Sailom 到底累在哪裡？就只是試穿西裝、看看飯店並且訂好場地，接著坐下來吃飯，這樣也會覺得累？但他懶得爭論，Sailom 早就決定好要點什麼，只是在等自己點餐，於是他迅速地點了兩樣東西，便把菜單還給服務人員。

「我想知道更多關於你的事。」

「我？」Namnuea 四處打量這間餐廳的環境，試圖蒐集更多的資訊，他甚至還想跟老闆要張名片，想推薦給希望舉辦小型婚禮的新人，特別是那些向他求助的親朋好友們。

今年二十六歲的他，周遭的朋友也開始步入禮堂。

然而，眼前的新郎卻說著現在不想思考關於婚禮的事，並且開啟了另一個新話題，這讓成天避免和他眼神交流的人收回視線，對上了他的雙眼。

「我喜歡你的名字，Namnuea。」

「哈哈哈，可能我出生的那年剛好遇到洪水氾濫吧。」雖然他喜歡這個男人，但不會提到那些不適合在此時聊到的事，「我的父母很有趣，對吧？我是北方人，媽媽說我出生時剛好遇到洪水氾濫，所以就取了這個名字。這名字實在是太奇特了，大概沒人跟我一樣吧。你呢，Lom 先生？」

其實他也私心想要多了解這個人一些，於是看著露出笑意的 Sailom 問道。

「我的名字沒有像你的這麼有故事，單純只是我媽媽

婚禮計畫

喜歡這個字，所以就取了這個名字而已。我叫 Sailom，
我妹妹叫 Saifon*。」

「親妹妹嗎？」

「是的，親妹妹，你呢？」

「我是獨生子，但並不孤單，因為我有很多表親。其
中一個和我同年，去年結婚也懷孕了，我即將要有一個
姪子；他們的婚禮也是我規劃的，我幫他們辦了一場北
方風格的典禮，讓我感到很自豪。」

Namnuea 淘淘不絕地說著，一想起目前人在清邁的
表親們，他臉上就忍不住泛起笑意。至於他本人，跑到
曼谷念大學，畢業後也留在曼谷找了工作，就在這裡定
居了。

「這麼說來，你是自己一個人住在曼谷嗎？」Sailom
面帶驚訝地問。

「倒也不是自己一個人，還有朋友和我一起。」

「那不是很寂寞嗎？家人不在身邊的話。」

---

* สายฝน，雨的意思。

Namnuea 一時無言以對，這問題讓他有些措手不及。

「不會的，工作都忙得不可開交了，沒時間寂寞。」事實也不盡然如此，他只是努力忘記寂寞。

並不是所有同性戀者都像他一樣單身，也有很多人獨居，就算他家人知道自己的性取向也接受了這個事實，但是……若真的要談到婚姻或家庭，感覺依然不切實際。

他有機會替很多新人籌劃婚禮，因此幾乎是全心全意投入，盡心盡力的程度彷彿是想幫他們打造人生唯一一場婚禮那般，所有他經手的案子都得到很好的評價。

在捕捉到 Sailom 眼底一閃而過的異樣時，Namnuea 還以為自己看錯了，但他接下來就轉移了話題。

「Nuea 先生喜歡什麼顏色？」

「這個問題很難回答。因為工作讓我接觸到不同顏色的美麗，顏色的美是取決於呈現的方式……那您呢？」

「日落的顏色。」

「紅橙色？」

「我不知道該怎麼形容那個顏色。」Sailom 淺笑地看

向昭披耶河，「從前我不知道自己喜歡什麼顏色，但當我和朋友一起去爬山、看到日落時，我覺得自己感受到了自由的氛圍，沒人能強迫我做不想做的事。」

Namnuea 感到他還想再說些什麼，從他的眼裡似乎可以讀到那些不同於以往的思緒。

「Lom 先生……」

「Yiwa 能夠理解我這種感覺。」

一聽到這個名字，Namnuea 立刻意識自己必須馬上停止對 Sailom 的不正常心思。他是一個婚禮策劃師，但此時此刻卻是以 Namnuea 的身分在靠近對方。

不能再繼續忘記自己的位置下去了，Namnuea！

「一點也不讓人意外。」雖然話是這麼說，但他放在桌子底下的雙手卻輕輕顫抖起來。

「我和 Yiwa 從小就認識了，雙方父母也時常來往，我們一起長大，所以很了解對方在想什麼。你可能會驚訝為什麼 Yiwa 把所有決定權都交給我，那是因為她知道我了解她的個性，也知道她想要什麼。」

這就是新娘不參與討論的原因嗎？因為她相信新郎

會帶給她滿滿驚喜。

這確實是一個無比浪漫的故事，但不知道為什麼，Namnuea 卻感覺心裡某處隱隱作痛，而且五味雜陳。

「Lom 先生很愛 Yiwa 小姐呢。」Namnuea 強迫自己開口。

「是的，我很愛她，愛到願意成為她的棋子。」

「是嗎？」Namnuea 只能接受這個說法，擠出一個微笑。食物就在這個時候上了桌，所以 Sailom 並沒有注意到 Namnuea 有些發白的臉色。

他努力安慰自己，暗戀新郎並不是什麼太大的問題，只要停在這裡就好了。

是的，只要停在暗戀的階段就好了。

夜色已深沉，一輛豪華跑車停在公寓前方，Namnuea 轉頭對司機一笑。

「謝謝您送我回來，Lom 先生。」

「很抱歉占用太多時間，害你沒辦法回辦公室開車。」

「沒關係的，我常把車停在公司，而且我明天要去幫Imm姊的忙，打算搭地鐵去現場再搭她的車回公司。」

明天有一場盛大的婚禮，身為工作人員的他們全部要出席，Namnuea負責處理和協調，這種活動通常只有到了晚上把新娘送回新房，才算是完全結束工作。

「今天真的很感謝你。」

「這是我的工作。」

突然間，Sailom一把抓住了Namnuea準備要下車的身子，令他回頭看向那個在昏暗燈光下露出微笑的男人，他正以雙手握著自己的肩膀。

「真的很感謝你。」

「這是我的工作……」

「不，我不是以客戶的角度感謝你，而是以一個叫Sailom的人感謝你。謝謝你讓我有了一個美好的夜晚。」

Namnuea困惑地看著他，腦海裡還在思索著這句話真正的意思，卻直覺地不想去理解。他不明白為什麼這個即將結婚的人要說出這樣的話。

「我也很感謝Lom先生，如果有任何進度，我會

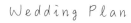

再跟您聯繫，至於婚禮的安排，是我們的職責所在。」Namnuea 有些侷促不安，但還是隱藏了真正的心思，揚起營業用的笑容，迅速地下了車，關上了車門，「再次感謝 Lom 先生開車送我回來。」

丟下這句話後，他便匆匆地走進公寓，快步回到房間後，內心仍然有很不平靜。他不是應該默默欣賞而不能有任何其他想法嗎？

Namnuea 覺得他們兩人之間似乎有了點奇怪的化學變化，然而就像兩塊想要拼在一起的拼圖，但另一塊拼圖卻已經有了它的另一半。Sailom 不是同性戀，他說過很愛自己的新娘。

Sailom 只是把我當成一個值得相信的朋友而已，除此之外，沒有別的想法。我也該把他當成一般的客人，除了暗自心動之外，能為他做到的也只剩替他好好規劃婚禮而已。

雖然 Namnuea 對自己的感情仍然懷抱著滿腔的疑

問，卻沒有太多時間能再去仔細思考，接踵而至的工作再加上婚禮旺季讓他忙得昏天暗地，直到一星期後，他才有機會稍微喘口氣。

「妳覺得今年能拿到多少獎金啊？累成這樣，我幾乎沒有時間睡覺。」

「但你有時間吃飯啊，Nuea。」

當 Namnuea 開口問 Imm 姊時，卻被反吐槽回來，令他忍不住用鼻子用力哼氣，再摸了摸自己的肚子。他發現自己越累吃的就越多，因為沒有時間好好吃飯，都只能依賴速食裹腹。

「誰想跟姊一樣，工作越累就越會忘記吃飯，瘦得跟鬼一樣！」

啪！Imm 沒好氣地拍了他的左臉頰。

「我是佛教徒，不奉行那種有人打了左臉，我就要讓他打我右臉的信條。」Namnuea 看著那位努力工作卻沒有表現出疲勞的人說道。

「這段時間裡，你就像小狗追著自己尾巴一般團團轉，到底怎麼回事？為什麼把自己搞得這麼忙？」就算

不是他負責的部分，Namnuea 也會去搶著攬來做。

　　Namnuea 只是聳了聳肩，將頭靠在她的背上。

　　「我只是想忘記某些事。」

　　「你想忘記什麼？心碎嗎？」

　　「還沒，還沒有心碎。」

　　因為他從一開始就知道這段感情不會開花結果。

　　「那 Sailom 先生的案子目前進度到哪了？」

　　「很順利啊，顏色、主題、風格都差不多決定了，也已經敲定攝影師和化妝師，Sailom 先生和 Yiwa 小姐都很滿意，現在只剩其他的平面設計，像婚禮賀卡及看板之類的還沒好。」

　　「嗯，那就好，你今天要不要先休息一下，臉色看起來不太好。」

　　「不會扣我薪水嗎？」

　　「我又不是你老闆，怎麼扣你薪水？」

　　「但妳常拿扣薪水的事來威脅我。」Namnuea 笑笑地回嘴，接著便拖著疲累的身體往公司休息室走了過去。他打算小憩一會，今天沒什麼需要急著處理的事。

然而，此時浮上他腦海的卻是那個穿著背心的男人，及他的身體傳來的熱度；他那濕潤的舌尖舔著自己的指頭用牙齒輕咬的感覺，性感的嘴唇喃喃說著不擅長吃熱的東西。

他越想就越是心煩意亂，不得不用力搖頭，想要把那些記憶全都搖出腦外，他不想讓 Sailom 知道自己內心真實的想法，一定要繼續隱瞞下去。

都已經這麼累了，應該可以請一段時間的假期回家休息吧？他想回去看看他的姪子了。

正當 Namnuea 感覺眼皮越來越重，大腦已經停止思考、昏昏欲睡時，手機在這時響了起來。

鈴——

該死的！

「咦，我的手機在哪裡？」他有些慌張地找著手機，在褲子口袋感受到震動時，嚇得坐直了身體，連忙拿出手機一看，然後明顯一愣。

是 Yiwa 小姐……看到新娘的名字時，他內心不由自主地湧起了愧疚感。

「您好，Yiwa 小姐。」他重新整理自己的情緒，接起了電話。

「你好，請問是 Nuea 先生，Yiwa 的婚禮策劃師嗎？」

Namnuea 下意識地看了一眼手機螢幕，確定來電的號碼是 Yiwa，但對方的聲音聽起來並不像新娘，而且不知道為什麼，他的右眼皮重重跳了一下。

「是的，我是 Namnuea，請問您是……」

「我是 Yiwa 的媽媽。請問 Nuea 先生現在方便說話嗎？」

「是的，請說。」雖然他有股不祥的預感，但基於職業道德，仍然用熱情的語氣回話，並且準備接招。

「事情是這樣的，我想知道婚禮的進度目前如何，Yiwa 說她應付得來，Sailom 也說了同樣的話，但我還是想知道確切的進度。目前進度到哪裡了？我看場地已決定好了？」

「是的。」他把飯店的名字告訴了她，對方似乎很滿意，於是他繼續說，「Lom 先生和 Yiwa 小姐決定要用中式圓桌加上雞尾酒的組合，我們會幫新人安排一張桌

103

子，提供雞尾酒給與會的貴賓。」

「你知道預估的賓客人數嗎？」

「Lom 先生提過大約六百人……」

「什麼？」

在他聽到這聲驚呼時，右眼眼皮瞬間狂跳不停。在這行業打滾這麼久，他深深知道這句話代表的意思。

「全部六百個人嗎？但我和 Sailom 的媽媽聊過，客人至少會超過一千人，可能落在一千一到一千二百人左右呀。」

他可以馬上請假回家嗎？

一聽到新娘的母親說完這句話，Namnuea 無奈地用手抹了抹臉，眉頭皺得死緊。因為新郎說人數只有六百個人，他們已經訂好雞尾酒和飯店，並且支付了訂金，就算飯店可以把場地擴大或另開一個宴會廳，也容納不下一千二百人。

該死的，這次的工作實在是太難應付了！

「是 Lom 先生告訴我賓客約有六百人。」

「我說過了，我希望讓他們舉行一場盛大的婚禮，

我想邀請我的老朋友還有他們的家人一起前來參與。反正六百個人是不夠的,光是一邊的家庭就差不多要邀到五百人了,Namnuea 先生。」

他真該相信自己的直覺的。

Namnuea 揉了揉陣陣發痛的太陽穴,不停思考有什麼更好的解決方案。難道是因為工作實在進行得太順利,所以有人想在這個時候出來湊個熱鬧搞個亂?

他真的不知道該怎麼辦才好!

「這該怎麼處理?我不打算減少客人的人數。」

為什麼新娘的母親跟婚禮一樣難搞?

「請冷靜下來,我會盡快找到解決辦法並且通知您,飯店有一個花園,如果把雞尾酒塔移到那裡,應該可以稍微舒緩擁擠。」

「但我不喜歡花園,也不喜歡雞尾酒,能全部改成中式餐桌嗎?」

當然是不行!

Namnuea 想要大叫出聲,如果只有六百人的話要換成中式圓桌沒有問題,但因為還要放雞尾酒塔,所以

一千人大小的宴會廳裡，只放得下容納八百人的中式圓桌，更別說她還想加到一千二百人。

「媽，妳在跟誰講電話？」

電話另一端傳來新娘的聲音，讓 Namnuea 懸著的心放下了不少。

「Yiwa，為什麼預定賓客只有六百人？我不是告訴過妳，這個人數不夠嗎？」

「媽，這六百人已經很多了。Wa 不想要面對那麼多不認識的客人，所以才限制了客人的數量，Wa 跟妳那裡的親戚和朋友又不熟，為什麼要邀請他們？」

「Yiwa，妳怎麼能這麼說呢，結婚典禮一輩子只有一次！」

母女兩人在電話的另一端吵了起來，而 Namnuea 有些不知所措地咬著指甲安靜聽著。他希望 Yiwa 能勝出，但還沒來得及知道吵架的結果，電話就又再度傳來了聲音。

「抱歉，Nuea 先生，我先跟我媽談談。」

新娘不等他回應就把電話給切斷，Namnuea 忍不住

張大了嘴巴，陷入了無語，因為這代表她們母女並沒有取得共識。

他緩緩地放下手機，無比疲憊地想要立刻躺到床上休息，然而現在似乎不是睡覺的時候。

他連忙撥了電話給新郎，但對方沒有接聽，於是Namnuea 起身抓起公事包，準備離開公司。

「我先出去一下。」

「你要去哪裡啊，Nuea ？」

「出問題了，姊，Lom 先生說他的賓客只有六百人，但新娘的媽媽卻說有一千二百人。」

「什麼？」就算是老經驗的 Imm 也忍不住尖叫一聲。

「新娘的媽媽剛才打給我，說一邊就要五百人了，總共六百人根本不夠，但一個星期前我就付了訂金，現在只能先去找新郎商量。他沒有接電話，我打算直接去他的辦公室。」

「冷靜點，Nuea，他可能晚一點就回你電話了。」

Namnuea 深吸了一口氣，強迫自己冷靜下來，重新坐回椅子上。

他如今才意識到這麼匆忙地跑去 Sailom 辦公室似乎有點不太合適,因此他只好一直打電話,直到對方接聽為止。

轉眼間,三天過去了,這段時間 Namnuea 完全沒有接到來自新娘的電話。

這三天裡,Namnuea 不得不狂咬指甲來緩解壓力。他試圖找到解決辦法,如果賓客人數真的需要增加到一千二百人,那就必須使用到花園的空間,但這種開放空間會比較熱,客人可能無法在那裡待得很舒服。

不管怎麼樣,他都必須要先跟客戶談談。

所以,等到第四天,失去耐心的 Namnuea 一下班就立刻衝出辦公室,直接殺到他知道新郎會出沒的地方。

「Sailom 先生嗎?他剛到。」

「我可以進去找他嗎?」健身房裡的工作人員可能還記得自己,因為自己是一個臉皮比城牆都還要厚的客人。但這次他卻感覺可能沒辦法輕易就進得去。

「我們有提供會員證，如果您有興趣的話……」

「多少錢？」Namnuea 咬牙切齒地說。當下沒有比付錢更簡單的方法，因為他不知道 Sailom 要進去多久才會出來。

一聽到價格，他就更生氣了，但是對於一個一直不接自己電話的人，他只能選擇這個方法。

支付完費用後，Namnuea 立刻走了進去，一雙大眼環視了一圈，很快就找到他想找的人。

「Lom 先生！」

Namnuea 直接跑向那個正在使用跑步機的人，沒有一絲畏懼。

他連珠砲般對 Sailom 說著客人人數增加感到很困惑、焦慮和有壓力，而對方不但不接電話、不回電話，也沒有任何表示，讓自己對他們目前的情況一無所知。憤怒使他決定直接殺來對質，就算可能會丟掉這個 CASE，他也想說出自己所有的想法。

「Lom 先生，你知道 Yiwa 小姐的母親打電話來通知我賓客人數增加這件事嗎？你說了大概會有六百人，

但根據她的說法是兩倍以上！三天前我就一直試圖聯絡你，但你不接我電話！婚禮不是銷售會或馬戲團，要是失敗的話，不只是我，我們公司也會受到……喂，我還沒說完！」

Namnuea 話還沒說完就被對方抓住了手，直接拉到了更衣室。

「我覺得我們應該換個地方說話。」

注意到周圍人們投來的視線，Namnuea 忍住想要揍人一拳的衝動，跟著 Sailom 穿過更衣室，來到淋浴間的盡頭，接著與他面對面。

「我不知道你是怎麼看待這場婚禮的，Lom 先生，但你要結婚了你知道嗎？就算你不喜歡麻煩，也該知道婚禮前置作業很繁瑣，這並不是只有你們兩人之間的問題，還代表著雙方的家人。你非但不當一回事，甚至還不在意客人的數量，總是以自我為中心，你真的是……唔！」

Namnuea 的話被突如其來的吻給堵住！

他瞪大了眼睛，看著那個俯身吻住自己的男人，簡

直無法相信他居然會做出這樣的事來！

「該死的，你在做什麼！」Namnuea 用力地推開了 Sailom，氣到渾身顫抖。

「讓你安靜下來。」

不知道這樣的方法是否能讓 Namnuea 冷靜下來，但他現在很震驚也很生氣，一個即將要結婚的男人居然吻了自己！

那個之前還提到很愛新娘的男人，居然吻了我！

Step 5

吻很甜美，但有時卻很苦澀。

「你到底在想什麼啊！」

Namnuea 花了好幾分鐘才找回自己的聲音，憤怒地看向那個帥氣的男人，然而對方臉上毫無愧疚，臉上仍然帶著笑意。

「我只是想讓你冷靜下來而已。」

「但是你……」他看著眼前的人，內心的困惑掩蓋了憤怒的情緒。

會有人用吻的方式來強迫另一個人閉嘴嗎？而且他還要跟一個女人結婚了！一個要跟女人結婚的男人怎麼會吻另一個男人的嘴！

「但是什麼？」Sailom 挑起一邊眉毛。

Namnuea 緊握雙拳，做了一個深呼吸，逐漸找回自己的理智。

老實說，從一開始，他就覺得這個新郎一點都不想

婚禮計畫

配合。

「沒關係，我會忘記你剛才做的事，Lom 先生，我已經冷靜下來了，是不是可以把話題繞回來了？」看著他臉上的那抹笑意，Namnuea 只覺得心情變得更差。

「我正在等你說。」

該死的！他應該知道我為什麼會出現在這裡吧！

雖然很想罵出口，但他不能再轉移焦點，於是開口說：「我是來跟你確認參加婚禮的賓客人數，Yiwa 小姐的母親告訴我，賓客人數要增加到一千兩百人，她希望能全部安排中式圓桌。」

Namnuea 的話讓 Sailom 臉上的笑意逐漸退去，他點了點頭。

「Wa 告訴我了。」

「那你為什麼不打電話告訴我？如果你早點告訴我賓客人數會增加，我可以想出很多解決辦法，或者至少在付訂金之前可以改訂另一家。你早知道人數要增加這件事吧？人數越多，我這裡的成本就會越多，現在距離婚禮只剩兩個月了，Lom 先生，你以為我是哆啦 A 夢的百

116

寶袋，你想要什麼我都能變給你嗎？」

　　本來 Namnuea 已經冷靜了許多，但聽到新郎一切都知情並且拒絕聯絡自己時，讓努力工作的 Namnuea 又再度怒火中燒了起來，無敵想賞對方一拳，不管他長得有多帥，要是能呼他一巴掌，應該能睡個好覺。

　　Sailom 只是嘆了口氣，看著他的表情有著失望。

　　「你忘記我說的了嗎？」

　　「我忘了什麼？」他忍不住怒吼出聲，對方只是搖了搖頭。

　　「你真的忘了……好吧，那你現在想怎麼樣？」

　　「我想揍你一拳。」

　　他並不是不懂怎麼控制自己的情緒，但目前這份工作實在讓他受不了了！當對方這麼問時，他的回答很簡短也很憤慨，要是這人打算跟公司客訴他也沒關係，能夠換個負責人更好。

　　然而，Sailom 只是掛上愉快的笑容說：

　　「那你打吧。」

　　這個回應簡直萬分莫名奇妙！

砰！

「再大力一點！」

砰！

「力道太輕了，你就這麼點力氣嗎？」

砰！砰！

「我不覺得你有在揮拳。」

「呼！呼！呼！你真的很差勁，你知道嗎？Lom 先生。」

Namnuea 怎麼也沒想到他所謂的打真的是認真打。

但是，Sailom 並不是真的讓自己一拳往他臉上揮，而是要 Namnuea 在拳擊場裡對著套上拳擊擋板的他揮拳，這是一種防護措施，當然就另一方面來說，也是一種揮拳。

打拳還不到五分鐘，那個說想揍人一拳的人已經體力不支，趴在地上。

「不、不行了，我不跟你玩了！」他大口喘著氣，沒

118

想到只是簡單的揮拳動作居然會如此累。

「感覺好一點了嗎？」Sailom 看著氣喘吁吁幾乎快要不能說完整一句話的 Namnuea 一笑，在他身邊蹲了下來。

向來缺乏鍛鍊的人轉過頭來對上男人的雙眼，發現他正解開自己手上的手套，眼底似乎有著擔心。

「這樣活動筋骨之後，有稍微解除你的壓力了嗎？」

他之所以會這麼做就是要讓自己力氣放盡，然後不再罵他嗎？

「你真差勁。」Namnuea 忍不住斥責。

「我只是擔心你。」Sailom 用嚴肅的口氣反駁，交給他一瓶水。「你知道你一開始來找我時臉上的表情嗎？我都擔心你會中風。」

「所以你強迫消耗我的體力？」

「這個方法對我有幫助，我想你應該也適用。」

當 Sailom 伸出他的大手想觸碰 Namnuea 濕漉漉的頭髮時，Namnuea 嚇了一跳連忙躲開，注意到對方因為自己的閃避又露出笑意。

「好啦，你能冷靜下來聽我說了嗎？」他的口氣很溫柔。

Namnuea 其實很想講「沒有」，但說真的，現在他已經沒有一開始那麼生氣了。他嘆了口氣，懷疑起這一切全都是 Sailom 的圈套。

就算內心還帶著怒氣，但他也只能點點頭。

「你還記得我一開始就告訴過你……不管長輩說了什麼，你只要相信我就好。」

「但是……」

「我還沒說完。」Sailom 口氣嚴肅，直視著 Namnuea 繼續說，「我和 Yiwa 聊過了，我們不會像父母所期望那樣舉行過於盛大的婚禮，但也不會小到讓他們感覺丟臉，所以我和她一開始設定五百人，後來加到六百人，這算是我們的共識。我已經告訴過你最終定案人數了，你只要相信我說的話就好。」

他說得沒錯，打從一開始，Sailom 就說要相信他，但當時的 Namnuea 並沒有意識到這代表什麼意思。

「你的父母不反對嗎？」

婚禮就像是一種社會地位的表徵，新人的長輩會有意見也不奇怪。

「肯定是很反對。」

「什麼？」

「但如果我知道他們隨意邀請客人前來，我會更生氣。」

越聽他解釋，Namnuea 越是一頭霧水，然而新郎看起來並不想回答他的問題，只是朝他伸出了手。

雖然有些遲疑，但 Namnuea 還是讓他拉自己站起來。

「所以，可以不用擴張宴會廳了，對吧？」Namnuea 再次問道，Sailom 對他點點頭，他這才鬆了一口氣。只是，還有件事他很不理解，「那你為什麼不接我電話？」

如果他一開始就接了自己的電話，Namnuea 也不必過上好幾天心驚膽跳的日子。

「如果我不這麼做，你就不會跑來見我了。」Sailom 笑笑地回應，眼底閃過一抹狡黠又很快消失不見。

Namnuea 愣愣地看著 Sailom，不知道這人是在開玩

婚禮計畫

笑還是認真的。他不否認這樣的話讓心跳又漏了半拍，只好低下頭自我安慰。

他要結婚了，我絕對不能招惹一個名草有主的男人。

「你知道我現在的感受嗎？」Namnuea 抬頭看向 Sailom，而他揚起半邊眉毛，彷彿是回應不知道，「我還是很想打你啊！」

他無比想把這個一直在撩自己的男人給打趴，好讓這男人清楚記得自己還有一個新娘。

「行啊，我會陪你打到你滿意為止，Nuea。」

為什麼覺得自己好像踩進了這人挖好的坑裡？

「你知道你是一個食量很大的人嗎？」

「那你知道不該一直盯著別人吃東西嗎？」

「哈哈哈哈……」

充斥煙霧的泰式火鍋店 * 一角傳來了有趣的對話，

---

* หมูกระทะ：泰式火鍋，結合烤肉與火鍋，一般會在中間凸起鐵盤用來烤肉，四周則是火鍋。

伴隨著各種肉香及香料的味道傳了出來。裡頭的客人很多，有一種鬧哄哄的氛圍，即使這並不像 Sailom 會來的餐廳，但他現在卻坐在這裡。

　　不久之前，Namnuea 洗完澡後準備要回家，但這位新郎堅持做點什麼來補償他付出的健身房會員費用。Namnuea 實在很想說那是自己願意付的，跟 Sailom 一點關係也沒有，只是新郎並不接受，還說如果不做點什麼會過意不去，於是在爭執了一番後有了這個結果。

　　「那我請你吃飯吧。」

　　「我今天不餓。」

　　「不是今天的話，可以挑你方便的一天。」

　　「不用了，我最近很忙。」

　　忙只是藉口，他不想再讓自己更加沉淪。

　　可是，嘴巴雖是這麼說，但剛才消耗的熱量讓他的肚子在此時不爭氣地叫了起來，令 Namnuea 萬般尷尬。他看著面前那個滿臉笑容的新郎，很想挖個洞把自己給埋進去。

　　「你的身體在答應我的邀約。」

　　這句話讓他再也無法拒絕，或許在別人眼裡看來這個情況代表 Namnuea 的身體坦率地表示願意去吃飯，但如果有人仔細注意到 Sailom 的眼神，便不難發現這個邀約似乎並沒有那麼簡單。

　　「那就去吃吧。」

　　Namnuea 最後點頭同意，但兩人對於要去的店家又有了爭論，最終才決定來這間泰式火鍋店。

　　應該說，是 Namnuea 強迫對方點頭答應的。因為 Namnuea 表示如果不吃這間店就要直接回家，原本猜想 Sailom 這樣的有錢人應該不會委屈求全，沒想到他不但同意了，全程還幾乎都是他在拿東西更負責煮食，這讓 Namnuea 有機會仔細注意這個自己喜歡的帥哥。

　　在帥哥面前，食物算老幾？

　　「你知道嗎，從那天在麥當勞遇見你開始，我就對你吃東西的樣子印象深刻。」

　　「請問你指的是我嘴邊沾到蕃茄醬的時候嗎？如果你想嫌棄我沒形象，可以直截了當地說。」

　　就因為那天 Sailom 舔了自己的手指，害他必須要用

Wedding Plan

忙碌生活來沖淡那個回憶，不然他可能會整天都重覆想著那一刻。

「在那之前。」

「還有更久之前的？」

面對 Namnuea 的疑問，Sailom 只是回以一抹神祕的笑意，隨即指著火鍋上的烤肉。

「豬肉快烤焦了。」

「咦？」Namnuea 連忙夾了起來，將烤肉放進沾醬裡後一口吃下，露出滿足的笑容。

運動過後的食物最美味了。

「我沒有說你沒形象，只是覺得你吃東西的樣子看起來很有趣，我很喜歡。」那個喝著啤酒卻不吃飯菜的高大男子，把爐子上的東西全都夾到 Namnuea 的盤子裡。

「腦子是不是有洞啊？」Namnuea 輕皺鼻子，忍不住小聲咕噥著。

「我聽到了。」

我就是故意讓你聽到的！Namnuea 在內心回嘴。

Namnuea 臉上慢慢地浮現了笑容，此時此刻的他感

到無比放鬆，也許是對方臉上也同樣掛著輕鬆笑意的關係，雖然壓力並不是完全消失，但相比之前已經好很多了。

「但這麼做是值得的。」

「嗯？」那個吃得很開心的人突然聽到這句話，抬起頭看向那個正在喝啤酒的人，他已經將襯衫袖子捲到手肘，「值得什麼？」

「當我讓你努力工作的時候，你就會很餓，這樣我就能看著你當下酒菜配啤酒了。」

說真的，他們是不是都在逃避什麼？

其實兩個人應該都能察覺彼此之間正在發生的劇烈變化，卻都選擇不說出口。Namnuea 應該要生氣這個人的玩笑話，但除了臉紅之外，他無法再有其他的反應；他不能也不敢清楚表達內心的感受，說出口的話只剩小聲的反駁。

「通常不是吃花生配啤酒的嗎？」

Sailom 聞言笑了出聲，Namnuea 看了他一眼，又繼續低頭吃自己的東西。

那張帥氣的臉孔再加上淺棕色眸子裡的盈盈笑意，對心臟實在是太不友善了。

要不是因為 Sailom 要結婚了，Namnuea 可能會不顧一切和他繼續發展下去。

一思及此，他就像是想起什麼似地看向了新郎。

「有個問題……可能有些不合適，要是你不想回答，可以不用回答我。」畢竟他的疑問很失禮。

「嗯，你問吧。」

得到了對方的許可後，Namnuea 深吸了一口氣，開口問：「Lom 先生是被迫結婚的嗎？」

男人舉起啤酒的手明顯一僵，一動也不動，眼底閃過一抹異狀，但很快消失不見，接著用很平穩的語調開口問：「你為什麼會這麼想？」

因為你的行為舉止讓我有這樣的想法。

Namnuea 已經懷疑很久了。他目睹新郎一點也不合作的樣子，再加上新娘全心相信新郎，把所有決定權全都交給了他，這點也讓人感到很疑惑，畢竟婚禮是不少女孩的畢生夢想。儘管他早已發了當天的草案給了新

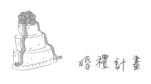

郎，但新郎卻表示他還沒有時間去看……

這一切的一切都很難不讓人往這個方面聯想。

「如果你不想回答的話……」

「不是不想回答。」Sailom 的表情看起來比之前嚴肅許多。他喝了一大口啤酒，稍微鬆開緊皺的眉頭，樣子看上去似乎放鬆了一些，但周遭的氣氛卻莫名讓人感到窒息，「我和 Wa 之前經歷過很多事，或許你看起來會覺得很奇怪……但我並不是被迫結婚的。我是自願娶 Yiwa 的。」

Namnuea 不知道自己到底期待著什麼樣的答案，但一聽到 Sailom 說是自願結婚的時候，他只感覺某些東西在胸口轟然炸開，一股名為失望的情緒蔓延擴散、充斥著全身，難受到讓他快要笑不出來。即使如此，他還是勉強擠出一抹笑容。

「也是，我不該問你這麼愚蠢的問題。」

他怎麼可以因為對方表現得對自己好像有興趣而開始有所期盼呢？Sailom 可能是個男女通吃的雙性戀，這樣的男人通常都擅長施展自身的魅力。

Namnuea 試圖告訴自己，面前這個帥氣的男子並沒有想像中那麼好，不必那麼失望，但 Sailom 似乎不打算讓 Namnuea 自我催眠，用一雙擔心的眼神直勾勾地看了過來。

「我很抱歉必須要這麼回應。」

或許就連新郎也覺得自己的言行舉止很不對勁，雖然 Namnuea 有些失望，但他還是再擠出一抹笑意。

「為什麼要向我道歉？」。

「很抱歉，我想向你道歉……至少很抱歉有很多事情不能告訴你。」

例如你是個雙性戀，有個漂亮的新娘還跟別的男人調情嗎？

Namnuea 臉上始終維持著笑容，只是低頭大口吃飯想強制結束這個話題，但他拿筷子的手卻握得死緊。

至於剛才還在道歉的那個人，則是輕聲開口：「我曾經說過喜歡看你吃東西的樣子，這句話是認真的。」

明明不應該給人希望，卻又說出這種像是給人希望的話，這就是 Namnuea 絕不喜歡愛調情的男人的原因。

照理來說，Namnuea 應該擔心的是賓客數量到底會不會大幅增加，然而他現在只覺得問題是新郎在自己內心的影響越來越大。

回程路上，他思考著這個問題。會讓事情發展到這種地步，應該是要怪新郎的行為舉止讓人產生了不應該有的誤會，又或者要怪自己有了不必要的期待？

儘管他的壓力已得到一定程度的舒緩，但內心的千絲萬縷讓他決定假裝累到睡著，主動切斷與那個自願開車送他回去的駕駛的對話。

Namnuea 超氣自己把車停在公司，讓新郎有了送他回去的藉口，就算再怎麼拒絕，對方總是會找到讓他同意的理由。他索性把臉側向窗戶，閉上雙眼不去面對。

下次再見面就是拍婚紗照的時候了，他還有一些時間讓自己更加堅定。

Namnuea 在內心告訴自己，下次他們見面時，他要表現得更專業，不會再夾雜私人情緒，不能再讓新郎動

搖自己單身多年的心。

　　或者他該先去找個男朋友？

　　Namnuea 一直在想著這個問題，就算又累又睏卻無法入睡，只能緊閉雙眼，任由內心的想法淹沒自己的思緒。

　　車子停了下來，就在這個時候，Namnuea 感覺到一股溫暖的空氣從臉頰湧了過來，不僅是氣息，還有飄散的酒氣混合著性感的香水味。他覺得有些頭暈，因為味道實在太近了。

　　該死的！

　　他的唇上傳來柔軟的觸感，為車內的冷空氣添加了一絲暖意。Namnuea 睜開了雙眼，印入眼簾的是 Sailom 那迷人無比的淺棕眸子。

　　他一動也不動地盯著自己，並且加深了索吻，大手撫向 Namnuea 的後頸，這個動作讓 Namnuea 全身起了雞皮疙瘩。當他回神察覺發生什麼事時，感到萬分震驚。

　　他又被吻了！這次的吻並不是為了惹他生氣也不是為了讓他恢復理智，而且發起接吻的那個男人似乎並不

想單純只是將唇貼在自己的唇上，因為他正在啃咬著自己！

該死的！

「Lom 先生……你為什麼要這麼做？」Namnuea 猛一個清醒過來，想要用力地推開他，但對方卻幾乎文風不動。Namnuea 意識到自己推不動他，只能露出困惑的表情，看著那雙反射外頭燈光的發亮雙眼，語氣帶著驚恐。

「就是看你在假睡。」那個任性的男人開了口，讓 Namnuea 再度用力地推了他。

「但你不應該開這樣的玩笑。」因為對他的心臟不好，只是這句話他說不出口。

「要是我說實話，你會聽我說嗎？」高大的男人以低沉的嗓音發話，他的手不安分地在 Namnuea 腰間來回游移著，另一隻手則托住 Namnuea 的臉，強迫 Namnuea 抬起頭來看著自己。

「你為什麼要這麼做……」Namnuea 聲音滿是苦澀，不知道現在該高興還是難過。

「如果我說，我喜歡你呢？」

「Lom 先生……」他困難地吐出這個名字，難以置信地看著對方，就算意志力快要消失，他仍然沒忘記一件事，「但你要結婚了……」

「噓！」話還沒說完，Sailom 便立刻制止了他，發亮的雙眼凝視著他，靠他靠得更近，低低地開口，「別說話，因為……我要吻你了。」

「等……！」Namnuea 還沒來得及開口，雙唇便再度被封上。

他知道不該同意這樣的事發生，但不知是什麼鬼使神差，讓他緩緩閉上了雙眼，身體完全不聽大腦的指揮。

Namnuea 情不自禁用雙手環住了對方的頸項，接受了 Sailom 侵略性的熱吻，感受他頻頻輕咬自己的唇瓣，接著將舌尖探入自己的口中，追逐交疊、糾纏不休。

越是感覺 Sailom 溫熱的巧舌入侵自己口腔內的柔軟，Namnuea 就越是意識到自己的理智正在一點一點消失，唯一能做的就只能是回應那無比甜蜜的索吻。

「呃……」Namnuea 口中逸出了微弱的呻吟聲，Sailom 伸手將座椅放平，接著壓在了 Namnuea 身上，不

讓他有任何喘息的空間，舌尖依舊和他的交纏在一起，透明的唾液順著嘴邊流了出來，但卻沒人在意。

這個吻很熱情也很甜美，Namnuea 覺得自己像是行走在雲端一般輕飄飄的，接著又像雲霄飛車一般墜落。百感交集的情緒累積到極限，終於讓他不得不再度用力推了 Sailom 的肩膀。

別再這麼做了……

這句話此時此刻他卻說不出口。

Sailom 也沒再堅持，他慢慢移開身體，看著那個和自己四目相交的人，伸手輕拭對方嘴角的唾液。

「你不應該這麼做。」Namnuea 疲憊地閉上了雙眼，低低地開口。

「我知道。」他雖然同意了 Namnuea，卻拒絕起身，反而將額頭靠在他的額頭上，「我知道，我沒有資格吻你，我也沒有資格喜歡你。」

那你為什麼還要這麼做？難道你沒想過 Yiwa 小姐的感受嗎？

Namnuea 很想大吼出聲，但話到了嘴邊又吐不出

來。他的內心滿是愧疚，深深知道自己渴望著眼前的男人，渴望著他的熱情親吻，最終還是只能再度輕推他的胸膛，露出一抹勉強的笑。

「沒關係，因為只會發生這一次了。」不知道這句話是在警告對方還是提醒自己，但他還是對上了 Sailom 的視線，用再嚴肅不過的口吻發話，「對吧？」

不會再有下一次了吧？

Sailom 先是一陣沉默，接著將身子轉回駕駛座，嘆了口氣，面帶疲色，「是的，我不應該這麼吻你的。」

他回以一個笑容，並沒有回答 Namnuea 的問題。

「時候不早了，我也該休息了，謝謝你送我回來，我也不該再占用你的時間。」

雖然 Namnuea 還有很多問題想問，但一時之間也開不了口，只能打開車門準備下車。

就在即將關上車門時，Sailom 的聲音輕輕傳了過來。

「我們還會再見面嗎？」

這真是一個讓人感到窒息又不知道要怎麼回答的問題。

「會的……但下次見面就是談公事了，晚安。」
Namnuea 不等到回答便頭也不回地衝進了公寓。他覺得
自己已經說得夠清楚了。

Namnuea 絕對不會成為別人的第三者。

回到房間後，Namnuea 像是力氣放盡般靠在門上，
手指不自覺輕撫上自己的唇。

Namnuea 從高中時期就知道吻都是甜的，但這次的
吻卻讓他感到十分苦澀。

不是因為啤酒的苦，而是傷心的苦。

「我真的不喜歡這樣的吻。」

這樣的吻或許已經是最後一次了。

「我太傻了。」

傻到，居然愛上了一個即將結婚的新郎。

Step 6

不要使用朋友這個名詞，

因為有些人不只是想要當朋友。

　　一輛豪華跑車停在車庫裡許久，駕駛仍然坐在原處一動也不動，獨自一人在黑暗中陷入沉思，浮現在他腦海裡的人是……那個人。

　　他第一次見到那個人就無比心動，也相信對方的感覺和自己一樣，儘管若是兩情相悅的情況下應該不會有太大問題，但事實並非如此。最有趣的事情是，他自己即將成為別人的新郎，而那個人則要幫他安排婚禮。

　　這個笑話真是一點都不好笑。

　　「唉，Lom，你怎麼會這麼粗心？」他嘆了一口氣，閉上了雙眼，回想起嘴唇上的灼熱，清楚知道自己想做的事遠不只一個吻這麼簡單。

　　他知道現在所做的一切並不妥當，自己想對他做的事也不合適，但卻難以抗拒那股衝動。當他看到那張可

愛的臉、柔軟的臉頰以及誘人的嫩紅雙唇，在白皙皮膚的相襯之下形成鮮明的對比，甚至在昏暗燈光裡是那麼的顯眼時，強烈吸引他伸手去觸摸，並且貪婪地想要更多。

「真差勁。」

Sailom 從一開始就在奮鬥，儘管假裝惹惱、假裝調侃、假裝得罪對方，但都能克制自己不要超過那條底線，因為擔心對方對自己的看法會越變越差。

一個即將結婚的男人，卻對另一個男人如此在意，不管從哪個角度看，都充滿著不懷好意。

如果只是玩玩倒也就算了，但 Namnuea 表現得很清楚，不論多麼暗著來，他都不會讓自己越雷池一步；然而這並沒有讓 Sailom 打消念頭，相反的……他更加想要再往前一步。

然而，正因為是已經要結婚的身分，如果再糾纏不清，會不會讓 Namnuea 覺得，也許將來自己也會對另一個人做出這樣的事來？結婚反而成為了一道高牆，困住了 Sailom，讓他動彈不得。

要是取消婚禮的話……Yiwa 肯定會殺了他。

　　Sailom 還不是太相信 Namnuea，若是貿然地把背後的祕密說出來，計畫很可能會失敗。要是計畫失敗的話，Yiwa 可能會拿刀割斷他的喉嚨，再以最殘忍的方式把他丟在荒郊野外，讓他再也沒有存活的機會。

　　「唉，怎麼會在錯的時間遇到對的人。」他嘆了口氣下車，思考下一步該怎麼做。

　　或許現在應該要放手，但是他真心不想只停留在一個吻的階段。

　　正當他在思考該怎麼以工作以外的名義再約 Namnuea 碰面時，臉上不由得露出了淺淺笑意，之所以不想在電話裡談論重要的事，正是因為想見到本人。

　　「你看起來心情不錯，Sailom。」

　　Sailom 還沒踏進客廳就聽到裡頭傳來的女聲。他抬頭看向聲音來源，見到聲音的主人還沒就寢時，臉上的笑容就消失了。

　　「妳還沒睡嗎，媽？」

　　「如果媽睡了，不就不能逮到你出去玩了嗎？」

「我沒有。」

他的母親走了過來，像是在他身上想聞出什麼味道一般繞來繞去，就在她聞到他身上的泰式火鍋煙味時，忍不住輕皺眉頭。

「你去哪裡了？」

「我去了健身房，還和朋友一起去吃飯，煙味是那時染上的。」他不得不向試圖干涉他私生活的母親解釋。

「女人還是男人？」

「男人。」

「是嗎？」她後退了一步，開始講起 Sailom 聽到都厭煩的話，「Sailom，媽不是要責怪你，只是想提醒你，你要結婚了，之前再怎麼深夜不歸，我都可以當做沒看到，但你就快結婚了，是不是應該要多留點時間給 Yiwa？婚禮的日子一天一天近了，你們該討論的事情會越來越多，但你現在是什麼情況？都不打算和她碰面嗎？」

「我和 Yiwa 已經見面見到膩了，一、兩個星期不見面也沒關係……」

「不要說什麼見到膩了，Lom。你都還沒結婚就說膩了，要是 Yiwa 聽到會做何感想？」

她會大笑出聲，然後說自己比 Lom 哥還膩。

Sailom 在心裡回嘴，但他不打算和母親爭辯，他掛上自信的笑容，朝母親走了過去，握住她的雙肩。

「媽，別擔心，我說過了，這輩子我只會和 Yiwa 結婚。她是我的初戀也是我最愛的人，我可以向妳保證，除了妳的兒媳婦之外，不會有其他女人能讓我心動。」

這份宣告使他母親看起來心情似乎好了一些。

「你說的是真的吧？」

「是的，我保證不會和別的女人糾纏。」

聽到兒子這麼說時，母親露出了滿意的笑容。

「很好，兒子，這樣很好。」

她的笑容讓把祕密隱藏在內心的兒子彎腰輕吻了母親的臉頰，接著說道：「那我去睡了，媽，今天太累了，晚安。」

「好好休息吧，Lom，盡量避免晚歸，不要被 Wa 誤解你在和別人亂來。」

她不會在乎的，媽。

Sailom 沒有吭聲，只是疲憊地搖搖頭便走回房間，把手裡的鑰匙和手機扔向床中央。

「我說過我只會結一次婚，並不是說會永遠和我的新娘在一起。」他的嘴角一勾，接著走進了浴室，「其實我的老婆是個好人。」

雖然這個計畫是 Yiwa 先開始的，但他也沒有任何怨言地接受了。老實說，Sailom 內心有些愧疚，然而他已經受夠這堵圍住自己的高牆，讓他這道風無法隨心所欲地自由來去。為了破壞高牆，他必須要完成這齣戲，而且要完美地結束。

「Nuea 今天怎麼了？」

「不知道啊，姊，他一出現在位置上就嘆了口大氣，然後又開始吃東西、嘆氣、吃東西。」

今天的 Namnuea 坐在辦公室裡滿臉哀怨，但他的手也沒閒著，右手拿著洋芋片左手拿著一大杯可樂，坐下

來就吃個不停。因為如果他的嘴巴一空，就會想起嘴巴除了吃以外能做的事。

「你是打算把自己吃得跟保齡球一樣圓嗎？」

「呃，Imm 姊，妳什麼時候來的？」Namnuea 轉過頭，看向聲音的主人，以了無生氣的語調回應。雖然被她手中拿著的洋芋片敲頭不會痛，但是……「姊！洋芋片都碎了，妳知道碎片會不夠好吃嗎？」

「你不吃也好，這裡是工作場所，不是養豬的地方。」

那個被嘲笑為豬的人癟起嘴，用力地趴在桌子上。他的行為讓 Imm 姊嚇了一跳，不安地在他身邊坐下來，把手上的零食全都放了回去。

「你怎麼回事啊，Nuea？」

「我變成豬了啊，姊，不是妳說的嗎？」*

「我等等就用餅乾袋揍你。」

---

* 這裡用了雙關，เป็นอะไร 這個詞在第一句可以解釋為「怎麼回事」或者「你怎麼了」，但同時也有變成什麼或是什麼的意思。

「妳剛才明明已經打了我！」Namnuea 連忙爭辯。

Imm 的臉色不悅，對視的兩人都皺起了眉，可能是因為認識太久，大概也都清楚對方此時的表情代表什麼意思。

「別開玩笑了，這裡是辦公室，你怎麼回事？」

「沒有……」

「Nuea，如果你沒有壓力就不會吃東西，而你現在一邊吃東西一邊工作，就表示你的症狀越來越嚴重。」

Imm 姊的話讓 Namnuea 有些緊張，他嘆了口氣，稍微撥開桌上的零食，但仍然沒有抬起頭。

「我沒事的，姊，真的，不用擔心我。」

「那你就認真工作吧，省得我不停嘮叨。」

妳是有多怕自己家老公虧錢，才會見不得下屬工作拖延？

Namnuea 只能在心裡暗暗吐槽。

「我是在等客人的電話，姊，工作完全沒有被拖延到，妳不用擔心。」

Imm 姊看了他一眼，搖搖頭，接著拍了拍他的肩。

「如果你自己能克服的話，那就自己去做，如果不行的話，別忘了還有姊。」

Namnuea 轉頭看向那個臉上帶著擔憂的人，他知道 Imm 姊是真的關心自己，但他不能輕易說出實情。

畢竟他不能告訴別人，自己愛上了新郎，那是一種敗德，而且……這個人還是客戶。

就在這個時候，原本還在思考著不能把心裡的事說出口的人抓住了 Imm 的手，Imm 回過頭去和他四目相對。

「怎麼了嗎，Nuea？」

「我……」

「你想說什麼？」

Namnuea 嘆了一口氣，可能是感到這樣的問題實在太難啟齒，顯得有些猶豫不決。

「如果……妳偷偷喜歡上一個名草有主的人，有錯嗎？」

「沒有錯。」她立刻回答，令 Namnuea 的表情一亮，但接下來她的話卻讓他渾身一僵。

「暗戀本身並沒有問題，只要不是去當人家的第三者，不能讓自身陷於不仁不義的情況中，就算你搶走了那個人，但不會遭受報應嗎？你傷害了他們所愛的人，總有一天會遭受到同樣的痛苦。」

她的話讓 Namnuea 臉色發白。

Imm 姊壓低了音量，讓聲音聽起來更加柔和。

「不要去冒任何風險，因為不值得。」

沒錯，Namnuea，不應該成為別人的第三者。但即使如此，他還是想確定自己這個結論是否正確，雖然內心還有一個聲音說：「在還沒舉行婚禮的這兩個月，是不是可以認為他依舊是單身呢？」

只是 Imm 姊的話像是在警醒他那般，要是選擇和 Lom 先生一起沉淪，最後受傷的人會是誰……應該還是他自己吧？

「所以，你喜歡的人是誰？」

他沒想到她居然會問這個問題。

「姊不認識的啦。」Namnuea 回她一抹甜甜的笑容。

「好，那我就想成你不是愛上了客戶。暗戀一個人沒

錯，但如果你暗戀一個即將結婚的人就不被允許了，知道嗎？Nuea，不管是哪個新郎都不行。」

就只是簡單的幾句話，便讓 Namnuea 全身起了雞皮疙瘩。他乾笑著半開玩笑地說：「姊，妳瘋了嗎，怎麼可能會有新郎是 Gay？」

「別太把婚姻當一回事，我看過太多了。最近就有一場拿自己的好朋友當幌子的婚禮，新郎後來才被發現他有另一個同性伴侶，而且那個伴侶還去參加了婚禮。你知道現在情況變成什麼樣嗎？那對夫妻正在談離婚。」

拿結婚當幌子……嗎？

Namnuea 聞言一愣，看了一眼仍然在罵那個新郎罵不停的 Imm 姊，目光幽幽移開。

他也對於用婚姻來當幌子這件事感到憤慨，與此同時，腦海裡不由得回想起之前那個要結婚的人對他說的話。

Lom 先生說他是自願娶 Yiwa 小姐的，所以他們的婚姻是真實的。

「好啦，姊，我要回去工作了，我會把零食帶走，這

149

些都是我花錢買的。」

最終 Namnuea 還是選擇了逃離，在內心堅定地告訴自己，他不會讓這樣的錯繼續下去。他只需要讓婚禮圓滿地進行直到結束，這樣就夠了。

「Lom，你這是什麼意思？」

「怎麼了嗎？媽……阿姨您好。」

Sailom 一走進屋子就聽到母親的聲音，轉頭看向她，注意到坐在她旁邊的人正是未來的岳母，立刻嘆了口氣。

這兩人湊在一起，就是一對讓人頭痛的組合。

「Lom，你真的不打算增加客人的數量嗎？」

就像這樣，第一句話才落下，他就想搖頭了。

「是的，我已經和 Wa 談過了。」可能因為 Yiwa 的母親無法說服她的女兒，才轉而來找他。

「你怎麼可以自己決定，不先問過父母呢？」他的母親此時插話進來。

Wedding Plan

「我跟爸談過，爸也同意了。」Sailom 強迫自己的聲音保持鎮定。

「怎麼可能同意呢？光是你爸那裡的客人就幾百位了，這下子不能全部都邀請！每個人都是有頭有臉的人物哪！」

Sailom 忍不住想再嘆氣，但他還是保持一臉平靜，儘管這個問題已經討論很多次了，他的母親和 Yiwa 的母親總是想要把婚禮舉辦得更大一點，不顧他們本人的意願。

婚禮確實是要邀請賓客來慶祝，但不需要辦得如此浮誇，他實在搞不懂為什麼要找這麼多人來？

「那這樣的話，妳就等 Saifon 的婚禮再做吧。」

「Lom ！」

「媽，不管妳說幾次，我都不會改變賓客人數。我和 Wa 談過了，一開始我們只想舉行小型婚禮，甚至比現在的還要小，但妳不允許，我也照妳的想法妥協了，做到這樣還不夠嗎？」

Sailom 嚴肅的口吻讓他母親有些生氣。

「還有，阿姨，Wa 應該也告訴您了，我們不會再擴大婚禮規模，不管是我或 Yiwa 都一樣，我們不想把婚禮辦得太誇張。」他轉頭看向 Yiwa 的母親，繼續開口說。

「你不能為了我改變想法嗎？」

這句聽起來是如此耳熟，就像壓垮駱駝的最後一根稻草，讓 Sailom 將目光轉向母親。

「我同意結婚這件事，已經為妳付出很多了。」

「Sailom ！」

就算他的母親再怎麼對他大喊大叫，Sailom 也決定充耳不聞，他在自己的憤怒火山爆發之前走出了家門。他已受夠所有的一切，他已經按照母親的安排去做，但母親卻老是想要求更多更多。

他拿起手機撥打了一通電話給那個現在最想見到的人。

「Nuea 先生……我能和你見面嗎？我求你了……」

他知道自己不該這麼做，但情感勝過理智的此時此刻，他已經顧不得一切了。

雖然 Namnuea 打定主意除了工作以外不會再見新郎，但手機另一端的口氣卻讓他擔心起來，即使想強迫自己拒絕，但在對方說「我求你了」時，又忍不住心軟了。

　「我求你了，能跟我見一面嗎？我已經不知道該怎麼辦才好……」

　「但我還有工作……」

　「沒關係，我會等到你來，來找我吧。」

　就算這有可能只是對方想要捉弄自己的陷阱，但那個人表示會一直等下去，而且給的地址也是飯店裡的酒吧，Namnuea 不擔心一個人赴約會有什麼問題。與其先開車回家，他選擇開車直接去飯店。

　「只是去看看情況就可以走了，就這樣，Nuea。」

　每次都這麼勸誡自己，但每次事情都會超出掌控。

　Namnuea 對自己的鄉愿忍不住嘆了口氣。當他抵達飯店、走進酒吧，找到那個打電話給自己的男人時，

Sailom 正坐在最裡頭的角落安靜地喝著酒。

「好久不見，Lom 先生。」他硬著頭皮走進去向對方打招呼。

「Nuea 先生。」

看 Sailom 的臉色就知道他已經喝很久了，那張因為喝酒而漲紅的臉龐，眼神看起來比平常還要柔和，再加上低沉的嗓音以及嘴角噙著的淡淡笑意，一切都顯示他看到自己出現時有多麼開心。

「我很高興你能來。」他的語調有著掩不去的愉悅，讓人想不透葫蘆裡到底在賣什麼藥。

「你都這麼要求了，發生什麼事了嗎？」Namnuea 小心翼翼地問。

Sailom 臉上的笑容消失，回頭看向面前的酒杯，似乎正在想要怎麼開口。

看來他真的有問題。

Namnuea 決定讓他有時間可以安靜思考，轉頭向服務生點了一杯飲料。即使他不願來這裡，也不願意在不談公事時私下碰面，卻也不想讓這個看起來陷入困境的

男人獨處。

「像我這樣年紀的人還跟母親吵架，你怎麼看？」

「你和母親吵架了嗎？」Namnuea 驚訝地問。

一直以來，面前的男人給他的印象都是高傲的，不會輕易把自己內心的想法告訴別人，然而他現在卻像是想要馬上知道答案般地緊盯著自己，讓 Namnuea 不得不認真思索該怎麼回答他的問題。

「如果你問我是怎麼想的……其實我覺得很正常。每個人的想法不同，像我也還在跟我家人爭論要不要回家鄉的事。我想留在曼谷工作，但我的家人希望我回鄉。」

他不知道為什麼要把自己的事說出來，但如果 Sailom 能好受一些的話，他並不介意。

「我和我媽因為婚禮的事吵架了。唉，雖然我說了能處理一切，但事實上我們並沒有共識。」

為什麼 Sailom 會願意把自己心事說出來，難道是因為他……信任自己？

「怎麼了嗎，我能幫你嗎？」

「你是以婚禮策劃師的身分，還是以其他的身分？」

婚禮計畫

Namnuea 雖然想讓自己不要太在意一個酒鬼，不要去責備一個醉漢，但當對方這麼說的時候，還是忍不住生起氣。

「我還能用其他的身分幫你嗎？」他還能有其他的身分嗎？「你呢，你希望我用什麼身分？為什麼你只打算和身為婚禮策劃師的我討論這個問題？」

聽到他的語氣有著些許不悅，Sailom 只是淡淡地一笑，接著開口：

「我還能找誰商量這樣的事呢？你也可能常遇到這種情況，難道沒有推薦的解決方法？」

好吧，他都會打電話給婚禮策劃師了，還能期待什麼？

Namnuea 接到電話時既緊張又擔心，雖然努力讓自己不要有其他想法，但當那個人向自己求救時，還是讓他感覺自己也許是很特別的，很難不去抱有期待。

然而當事實擺在眼前時，Namnuea 只覺得有那樣的想法很可悲。

「我不是早就告訴過你了嗎，結婚細節要跟家裡人

商量清楚，結婚不是只有兩個人的事，而是兩個家庭的事，不管你有多愛對方。」Namnuea 試圖讓自己平靜地說出這一番話，但是……他覺得心好痛。

這就是暗戀一個有婦之夫的感覺嗎？

Namnuea 低下了頭，因此看不到 Sailom 此時注視他的目光，看不到那人的眼底寫滿渴望碰觸他的心思。

「你不是想問我是出於什麼樣的身分叫你來的？」Sailom 突然轉移了話題。

「我不想知道了。」Namnuea 搖搖頭說。

就算知道是以什麼身分，也只會更心痛。

「但我想告訴你。」

Namnuea 猛地抬起頭，只見 Sailom 看著自己的雙眸裡一片深情，大手撫向 Namnuea 下意識想別過去的臉，將他的臉轉了回來，以手背輕撫著他的臉頰，用著再認真不過的口氣說：「用朋友的身分，可以嗎？」

Namnuea 聞言明顯一愣。

「朋友？」Namnuea 忍不住語氣忿忿，但他更生氣的是自己在聽到對方的話之後那股瞬間湧上的失落感。儘

管他該慶幸對方說的並不是超越朋友的範圍，然而聽到那個暗戀的男人只把自己當成朋友……還是讓他苦澀得快要笑不出來。

「嗯，不是客戶，而是你的朋友。」

Namnuea 知道自己很難再擠出微笑，但他還是想問：「你只把我當成朋友嗎？」

「嗯……我對你就是喜歡的朋友。」

所以他之前說過的喜歡，是指朋友的喜歡？

Namnuea 此時才感覺到「朋友」這個詞有多麼沉重。

好吧，Namnuea，這代表你沒有對不起 Yiwa 小姐，你對新郎來說，就只是個朋友而已。

雖然他想這麼安慰自己，感覺卻好糟糕，內疚也絲毫沒有減少，這也代表他們兩人只能停在朋友這個階段。

這是他第一次這麼討厭「朋友」這個名詞。

Step 7

「意外」是人做錯事時常用的藉口。

「Lom 先生，不要亂動。」

「呃……我沒事……我很好……」

「你要是沒事的話就自己走吧。」

Namnuea 嘆了口氣，此時他正和一位飯店員工協力將 Sailom 扶進房間裡，當他們成功把那個高個子放到床上時，這才鬆了一口氣。

「謝謝你。」他掏出了一百塊小費遞給了服務生，看著他離開房間將門關上，才把注意力轉向那個打電話給自己的人。

「你為什麼要打電話叫我出來？」

除了他和家裡吵架之外，Sailom 沒有再說其他的事，原本 Namnuea 想直接離開，不想再讓自己難受下去，但看到 Sailom 前方的酒杯時，又擔心這個人回不了家，於是心軟地留在那裡，而最後就如同他所想的這

樣，Sailom 直接醉倒了。

就算他知道 Sailom 的家在哪裡，也不可能直接把他丟在門口，Namnuea 唯一能想到的就是送他來飯店，等隔天再讓這個人自己付房費。

他站在床邊，看著那個躺在床上的醉漢。

「嗯……」醉漢呻吟出聲，來回翻動身子，像是想找個舒服的角落。

Namnuea 再度嘆了口氣，如果嘆氣一聲會短命一天，那他應該差不多已經短命一年了。

「該死的 Nuea ！」居然會看著一個酒鬼心軟！他忍不住咒罵自己，轉身走進浴室，將襯衫袖子捲到手肘，找了一條毛巾用溫水浸濕，再度折了回來，「為什麼照顧你的人不是你的新娘，而是我？」

Namnuea 忍不住抱怨出聲，這一切是如此荒謬，但他又不能半夜打電話給新娘說她的新郎喝醉了，只能妥協地坐在床邊，認命地幫這個男人擦起身體。

毛巾碰觸到 Sailom 的臉時，他下意識地想要揮開，讓 Namnuea 忍不住嗤笑出聲。

「像個調皮的小朋友一樣。」

每次見面時，Sailom 總是掛著像是掌控一切的自信表情，但喝醉酒的他卻像個小孩子。

「沒什麼，只是朋友幫助朋友而已。」

他一邊安慰自己，再伸手解開醉漢襯衫的釦子，準備幫忙換上睡衣，等這裡的事情處理完，他就要回家了。

「你腦子有問題嗎，Nuea？」

當 Sailom 襯衫上所有釦子被解開時，Namnuea 的心跳開始失速，展露出來的白色背心無法隱藏底下結實的肌肉曲線，令 Namnuea 忍不住撫上那精密的腹部，手心清楚感覺到厚實觸感和屬於 Sailom 的體溫。他小心翼翼地瞥了瞥仍然緊閉雙眼、沒有任何反應的 Sailom，接著深吸了一口氣。

「只是稍微摸一下，補償我浪費的時間，應該沒關係吧？」

下次絕對沒有機會能再像這樣碰觸到他了。Namnuea 如此自我說服著拿起毛巾，拉起白色背心的下襬，用濕布輕輕擦拭，雙眼一動也不動地盯著，不想錯過任何細

節，另一隻手則情不自禁地輕撫那溫暖且誘人的肌膚，從指尖感受傳來的熱意，目光一一梭巡那烏黑的短髮、俊逸的臉龐，在在令他意亂情迷。

夠了 Nuea，該停下來了，你不該讓這個錯誤繼續下去。

雖然理智告訴他不能再繼續，但動作卻停不下來，他的指腹輕輕滑過 Sailom 寬闊的胸膛，Namnuea 深吸了一口氣想平復狂亂的心跳，只是整個房間似乎都突然充斥著 Sailom 身上的氣味，讓他一時之間迷失了自己。

「夠了，Nuea！」他不得不用手拍打臉頰，試圖把自己拉回現實，接著站起身，「我該回家了，不能再繼續錯下去了。」

他不可以讓事情發展到無可挽回的地步，必須要快點離開。

然而，原本他以為醉得失去意識的男人，卻突然伸出了手，拉住了他。

「我不想要你停下來。」

Namnuea 瞪大了眼睛，轉身對上那個面帶淺笑的男

人，還沒來得及反應，就被他一個用力拉向大床。

他掙扎著想要起身，卻對上了 Sailom 的雙眸。

Sailom 淺棕色的瞳孔放大，露出了炯炯的目光，依舊緊抓著 Namnuea 的手不放，當他的臉越來越靠近時，Namnuea 覺得自己像是要被他的眼神吸進去一般。

「你……你沒睡著嗎？」Namnuea 既害怕又尷尬，深怕對方發現自己剛才對他上下其手。

Sailom 只是輕笑出聲，「本來睡著了，又被你吵醒了。」

然而他甦醒的部分不止如此，還包括其他地方。Namnuea 掙扎地想要擺脫他，卻被 Sailom 的雙眼深深迷惑。

他的心不停地瘋狂跳著，嘴唇有些乾燥，讓他不得不伸舌舔舐。

「我……對不起……」

「不，不用道歉……因為我也想要。」語音還未完，Sailom 的唇便落了下來，這一刻 Namnuea 感覺渾身像是有股強烈電流倏然通過，讓他忍不住開始顫抖。

「不可以……」

「拜託……」

Namnuea 痛恨自己對於他的乞求總是妥協得如此之快，卻仍然閉上了雙眼。耳邊傳來衣服摩擦的聲音，Sailom 溫熱的唇貼上來的時候，充滿了激情需索並且無比甜蜜，兩人由一開始的相互交纏，逐漸變成更進一步的深入彼此。

Nammuea 真的再也控制不了自己，他伸出雙手環住 Sailom 的頸項，張開嘴感受到他的舌尖入侵，甚至還嚐到了酒精的氣息，讓他更沉醉在這樣的深吻裡。

自己會變得這麼熱情，一切都要歸罪於酒精。

「嗯……Lom 先生……」

接吻的聲音伴隨著 Namnuea 的呻吟不停，他的雙手插入了 Sailom 烏黑的頭髮裡，兩人的舌尖忘情地交纏著，這個吻漫長地讓人快要喘不過氣來。

「Nuea……Nuea……」Sailom 稍微地拉開了距離，望進了 Namnuea 的雙眼，在那一瞬間，Namnuea 將原本顧忌的一切全都拋在腦後。

「Lom 先生……」Namnuea 的雙手勾緊 Sailom 的脖子，讓他更加靠近自己，像是在渴求唇瓣的溫暖。

Sailom 也沒有猶豫地再度吻上他的唇，透過舌尖傳遞著自己的熱情，兩人開始有了拉扯，只要其中一方想要稍微拉開，另一個人就會追上去，沒有任何喘息的空間。

Namnuea 的手在 Sailom 的肩上游移著，而 Sailom 也很配合他的動作，不一會兒身上的衣服就被丟到床下，Namnuea 也起身配合地脫掉自己的衣服。

「Lom 先生……哈啊……」兩人上半身赤裸，光滑的肌膚摩擦著彼此，呼吸越來越急促，「Lom 先生……嗯……」

「好香……你聞起來好香……」

溫熱的嘴唇先是在 Namnuea 白皙臉頰落下一吻，接著以舌尖輕舔他的喉結，順著誘人的鎖骨來到了他的胸前，張嘴含住了那淺色的突起。

「啊！」當 Sailom 含住他的乳尖時，Namnuea 有些害怕地咬住下唇，摟住了對方的脖子，他可以感覺到下

腹湧起的慾望，卻只能無助地拱起胸膛任由對方侵略，他的心臟狂跳不已，直到無法克制地逸出重重的喘息聲；Namnuea 試圖壓抑滿腔的慾火，卻虛弱地力不從心。

Sailom 的嘴唇流連往返，舌尖吸吮輕舔，直到那突起的小點變成了深紅色，直立堅挺著，才將唇轉移至另一邊的突起。Namnuea 眼前泛起快感的薄霧，並不想要男人停下，雙手在高大男子的背後來回撫摸。

「你很可愛，你知道嗎？」高大男子低沉的聲音在耳邊響起，伴隨著探向 Namnuea 下方敏感部位的大手，將Namnuea 的褲子和內褲退到了腳趾，仍不忘眷戀地吻著他的雙唇。

Namnuea 再也無法思考其他事情。他們的身子交疊，相互傳遞著熱度和慾望，他感覺 Sailom 的大手揉捏著自己早已昂挺的分身，不禁大口喘著氣，再也說不出話，只能發出破碎的呻吟，慢慢鬆開了原本緊閉的雙腿，讓那個高大男子將手指探入自己的後庭。

Sailom 由一開始的一根手指，慢慢增加到第二根及第三根，動作是如此溫柔，讓身下的人再也受不了地拱

起自己的腰，帶著情慾的臉龐忍不住搖了搖頭。

「Lom 先生……呃……啊……求、求你……我受不了了……我再也受不了了……」他顫抖地呻吟出聲，知道自己的身體正渴求著更多，情慾就像洶湧海水一般猛烈襲來，當 Sailom 再度吻上他的唇時，那高漲的慾望並沒有被安撫，只是更加地泛濫。

「你是我的，Nuea，你是屬於我的。」

他甜蜜的嗓音讓 Namnuea 再也顧不了一切，緊緊地攀住他的脖子並呻吟出聲，Sailom 給了他一個吻當做獎勵，情慾使得體溫逐漸高漲，幾乎快要滿溢出來。

「Lom 先生……Lom……呃……」

「Nuea……你是我的……你現在是我的了……」

床舖隨著兩人合而為一用力地晃動著，交合處傳來的靡靡水聲伴隨著不同的呻吟迴盪在室內，兩人身上佈滿了汗水，但沒有人在意，只能在慾望驅使之下不停沉淪。

「Lom 先生……哈……哈啊……」Namnuea 伸手撫住 Sailom 的臉頰，望進了他那深情溫柔的視線，「吻我……

婚禮計畫

吻我好嗎？」

Sailom 俯身吻住了他的唇，這個吻除了甜蜜更帶著超越身體快感的其他情感，Namnuea 閉上了雙眼，不再想任何事，只想感受當下此刻的快樂。

「Nuea……我親愛的 Nuea……」

「呃啊……Lom……」Namnuea 只能無助地喊著對方的名字，隨著逐漸逼進升高的快感，腦中似乎進入一片空白，雙手緊摟住 Sailom 的頸項，感受對方給了自己一個甜美的密吻，似乎回應著兩人此時共度的美好時刻。

儘管，這一刻並不是永遠。當晨光來臨時，一切都會變調。

Namnuea 已經很久沒有因為頭痛而清醒了，今天卻被頭痛給喚醒。當他睜開雙眼，看著眼前陌生的房間時，眉頭皺得死緊，花了好幾分鐘才想起來，為什麼自己除了頭痛還全身痠痛。

隨著昨天晚上的回憶逐漸湧進腦海，他下意識轉頭

看向躺在身側的男人，隨即瞪大了雙眼，搗住自己差點脫口而出的驚呼。

Lom 先生！一股愧疚感湧上，讓他的心跳加速，他居然放任自己和別人的新郎上床了！

Namnuea 再也克制不住心中一陣陣酸楚，眼中的熱意讓淚水滑落，尤其回憶起昨天晚上發生的所有點滴，那時的激情、慾望及甜蜜的話語，全都像利刃一般地狠狠劃過內心。

他看著那張還在熟睡的帥氣臉龐，濃眉、高挺的鼻子、仍然緊閉的眼眸，以及昨天晚上對自己說過許多甜言蜜語的雙唇，一切的一切都在提醒自己，昨天晚上有多麼荒唐！

你到底在做什麼！

Namnuea 忍不住在內心瘋狂咒罵自己，他沒有選擇喊醒男人，而是盡可能安靜地下了床，迅速撿起扔在地上的衣服穿上，雙手不停發著抖。

「我必須回家了。」Namnuea 強迫自己集中精神，如果再繼續待下去的話，良心一定會讓他發瘋。

　　無法控制、不停掉落的淚水被他用手隨意抹去，他快步走向浴室洗了把臉，得趁 Sailom 醒過來之前趕緊離開這裡，希望他醉到不記得昨天晚上發生的所有事。

　　「你要去哪裡？」

　　然而，天不從人願。當 Namnuea 走出浴室時，那個原本熟睡的人已睜開了雙眼，瞇起眼睛看著自己。

　　「Lom 先生，你醒了？」Namnuea 強迫自己擠出一個笑容，用平靜的聲音開口。

　　「你要去哪裡，Nuea ？」對方並沒有正面回答他的問題，只是重複著這句話。

　　那個昨天晚上還用甜蜜的聲音對自己低語的人，現在喊著自己名字的嗓音只讓 Namnuea 感到無比苦澀，然而他強迫自己繼續帶著笑意。

　　「我要回家了，昨天照顧你這個醉倒的人照顧到睡著了，既然你已經醒了，我也沒必要再留在這裡。」

　　「這話是什麼意思？」Sailom 皺緊眉頭，眼裡有著掩不去的憤怒。

　　Namnuea 歪著頭佯裝不解。

「什麼，你不記得了嗎？你昨天喝醉然後吐了，我幫你收拾善後，你還發了酒瘋，讓我必須照顧你到早上。」

「……」

Namnuea 試圖用開玩笑的口吻說著謊，裝作不知道昨天發生了什麼事，只希望眼前的人什麼都不記得了，就讓他成為唯一一個記得昨天晚上錯誤的人吧。

Lom 先生即將要結婚了，我是他的婚禮策劃師，僅此而已。

「Nuea。」然而男人的聲音更加憤怒，他起身下床朝 Namnuea 的方向走來。

「你還是先把衣服穿上吧。」Namnuea 迅速別過頭去，不去看全身赤裸的男人。

「你為什麼要裝作一副什麼都沒發生過的樣子？」Sailom 緊緊地握住了他的手腕，淺棕色的雙眼寫著不敢置信。

他的樣子讓 Namnuea 嚥了口口水，試圖拉回自己遠飄的思緒。

「你想要我說什麼？什麼事都沒有發生。」

「就算我讓你在我身下呻吟了一整晚，你也要當做什麼都沒有發生過嗎！」

他居然全部都記得！

面對這份怒氣，Namnuea 忍不住瑟縮了一下，但仍然強迫自己一笑。

「你的話是什麼意思？」他的口氣故意帶著不解。

「Namnuea ！」Sailom 抓住了他的肩膀，強迫他轉身對上自己的雙眼，表情怒不可遏。

拜託你就當一切都沒發生過吧！讓錯誤停留昨天晚上，不要再繼續想起來了！Namnuea 在心裡暗自大喊。

「請問有什麼事嗎，我得趕快回家了，今天還有工作。」

「Namnuea，你是我的老婆！」

「但你要結婚了！」當他聽到 Sailom 講的那句話時，Namnuea 終於無法克制地熱淚盈眶，咆哮得比對方還要大聲。

就只是一夜情而已，你明明一點都不生疏，為什麼要如此在意？

「你忘了嗎？Lom 先生，你就快要結婚了！你有一個叫 Yiwa 的老婆，我不是你的老婆！算了就這樣吧，忘記昨天晚上所有的事，忘記所有的一切，把它當成一場意外，我們兩個人都喝醉了，一切都是不小心的，Lom 先生，你明白嗎？你明白我說的嗎？！」

Namnuea 再也忍不住地全部爆發出來，淚水不停地滑落，盯著面前男人的雙眼悲傷地開口：

「忘記這一切吧，忘了昨天發生的錯誤。」

忘了我，求你了，我不想被認為是破壞別人感情的第三者。

Namnuea 知道自己很懦弱，不該讓昨天的錯誤發生，即使現在後悔也來不及了，但他仍然想做點什麼挽救。

他的話讓 Sailom 更加用力地握緊他的雙肩，看著他的眼神明顯寫著失望。

Namnuea 只能痛苦地在心裡想著：誰才是那個該失望的人，應該是我，不是嗎？為什麼反而是你的眼神透露這樣的訊息？

「你把這個稱為錯誤嗎，Nuea？」

「不要叫我 Nuea ！」

「Nuea，你先回答我，這真的是一個錯誤嗎？」

Namnuea 感覺雙肩被抓痛了，但比起肉體上的痛，他的心更痛。

「我說了不要叫我 Nuea ！」

「Nuea ！！」

或許是被對方失望的眼神和那絕望的聲音所激，Namnuea 用力地將他的手從自己肩膀扯了下來。

「對，就是一個錯誤，你聽到了嗎？就是一個錯誤！」他不耐煩地吼了出來，「這只是你和我不小心發生的意外！」

「但我沒有不小心！」

Sailom 用低沉的聲音開口回嗆，Namnuea 覺得自己快要支撐不住了。Sailom 原本還有些困惑和憤怒的雙眼此時載滿了厲色，Namnuea 無法否認內心深處為這句話而感到一絲開心，但這不是他所能承受的甜蜜，他緊咬自己的下唇，將臉別了過去。

「我會為我所做過的事負責……」

「不，不需要，我不是女人，只發生一、兩次的話不必介意，更重要的是……你該對你的新娘負責。」Namnuea 往後退了一步，在 Sailom 想再說些什麼時，對他搖了搖頭。

他不想讓 Sailom 說要選擇自己。他不想成為別人的第三者。Namnuea 永遠不會變成別人的第三者。Imm 姊也不會樂見他毀了別人的婚禮。

「我拜託你了，Lom 先生，請不要因為這個錯誤耿耿於懷，謝謝你為我做的一切，但我希望你忘記這件事，我也會忘記的。在我離開這個房間以後，我們就是婚禮策劃師和客戶的關係，不會有其他的關係了。求求你，答應我的請求吧。」

在愧疚感滿溢出來之前，他不等 Sailom 的回應，便轉身飛也似地離開了房間。

「你做得很好，Nuea。」

他一邊鼓勵自己，一邊用手背擦掉淚水，停不了的

眼淚卻彷彿持續宣洩他的悲傷以及不想面對的現實。

　　Sailom 已經……愛上自己了，但這不是一段能夠有美好結局的愛情，只能是一場夢，而天亮的時候，就該夢醒了。

　　身心俱疲的 Namnuea 走向自己的車，將臉靠在方向盤上痛哭失聲，腦海裡浮現了 Sailom 的眼神、聲音和昨天晚上的一切，覺得心痛得快要無法呼吸。

　　不要叫我 Nuea、不要叫我老婆，你有一個漂亮的新娘在等你！

　　「嗚……嗚……Nuea……你這個白癡……你這個智障！」

　　他居然傻傻地愛上一個名草有主的男人！

　　「這只是一場意外……一場意外。」淚水不斷滴落在方向盤上，他緊摀著自己的胸口，用微弱的聲音自我安慰。

　　只是不小心愛上了對方……這是一場意外。

　　意外，這是多少人用來當自己做錯事的藉口？

　　他沒有想過這樣的意外，居然讓人這麼煎熬難忍。

Namnuea 不知道自己是怎麼開車回到住處的。他帶著紅腫的雙眼打了電話向公司請假，在結束通話後，躺在床上繼續悲泣。他不停不停地在心裡告訴自己，只有今天能崩潰，明天就要恢復正常。

　　Namnuea 拿起了手機，打了通電話給那個最有可能安慰自己的人。

　　「媽……我好想妳……我想回家……」

　　對方是個會無條件愛著自己的人，可以向她告白所有的痛苦，不必顧慮到合不合適。

　　「Neua 想要抱抱媽，想要媽在 Nuea 身邊……」

　　他只能泣不成聲地向母親傾訴心碎，此時此刻的他，精神上的疲憊已經達到了極限。

Step 8

暗戀一個名草有主的男人不是件好事，
暗戀一個即將結婚的男人更加糟糕。

「Nuea 是怎麼了嗎？」

「不知道啊，姊，他看起來很嚴重，我把零食放在他眼前，他竟然看都不看一眼。」

「是失神了嗎？」

「我也這麼覺得。」

The Wiwa Square 的員工們今天討論著一個重大議題，這個議題大到讓他們不得不聚集到會議室裡關起門來討論，主題是……關於 Namnuea 的失常行為。

Namnuea 向來勤奮工作、不輕易休假，除了兩年前因為流感太不舒服打電話請假以外，從來沒有像今天一樣帶著紅腫的雙眼來上班，而且整個人病懨懨的、很沒精神，所有同事都很驚訝。

「我不餓。」

　　來自那個貪吃鬼口中的這句話讓大家不敢置信，不管是工作壓力再大或者再多的挫折，Namnuea 都不會放棄吃東西。今天居然會說他不餓，午休時間也不去吃飯而是繼續工作，不管是誰拿零食誘惑他都不為所動，連 Imm 姊點給全公司吃的 Pizza 也都不看一眼，只是坐在自己的位置上，時不時地嘆著氣。

　　因為他不吃東西再加上沒有停下工作的腳步，因此工作進度十分快速，但是辦公室少了他與其他同事的爭論聲，安靜得有如針掉下來的聲音都聽得見，導致大家不得不為這失常的情況聚在一起密會。

　　「姊，妳和 Nuea 聊過了嗎？」

　　「你瞎了嗎，我用食物引誘他都沒有上鉤啊，怎麼聊？」Imm 抓抓頭，忍不住吐槽問話者，她太好奇 Namnuea 的失常所為何事，「難道，他失戀了？」

　　「什麼，Nuea 失戀了？」

　　「喂，你小聲一點！」Imm 把食指放在嘴唇上，有些緊張地看了一下會議室前方，所有人下意識地搗住了嘴，但還是忍不住竊竊私語。

「這有可能嗎？姊，我看 Nuea 每天在跟客人討論事情，就算外出也都是跟客人去看場地或談公事，沒看過他跟誰出去約會啊。」

Imm 姊陷入了沉思，下屬的分析也不無道理，但她一開始就抱有這個疑問，若非如此，她就真的不知道 Namnuea 失常的原因為何了。

叩！叩！

會議室的門被敲了幾下，讓裡頭的人們像是被針刺到一般跳起來，在眾人正襟危坐後，會議室的門被打了開來。

「你們在幹嘛？」那個大家討論的主角此時出現在會議室門口。

「沒什麼 Nuea，沒什麼！」裡頭的同事用著高八度的聲音回應。

Namnuea 雖然一臉疑惑但還是搖了搖頭，接著對 Imm 開口：「Imm 姊，我等下要去素坤逸路的工作室。」

「哦，今天是要去看哪一對拍婚紗？」Imm 姊笑笑地問。

「Yiwa 小姐，我們約好了，先走一步了。」Namnuea 一臉像是想說什麼卻又什麼都沒說出口，臉上掛著淡淡的笑意，轉身離開了會議室。

就在所有人都鬆了一口氣時，他又突然探頭進來，像是想起什麼似地開口：「噢，當你們想八卦別人的時候，記得表現自然一點。」

「噢、不，我們沒有在八卦誰。」

「是嗎？那就好，我沒事，我不是失戀，只是減肥節食而已。」Namnuea 的話讓在場眾人面面相覷。

「你怎麼知道的啊？」Imm 這句話讓會議室裡的人都笑了出來。

Namnuea 嘆了口氣。剛才 Imm 姊喊得那麼大聲，怎麼可能聽不到。

「那就沒事了，你說這樣就這樣吧。」Imm 姊說。儘管 Namnuea 臉上那不正常的煩惱神色讓她莫名有股不祥的預感。

希望你不是真的愛上了我所想的那個人，希望這一切只是我的杞人憂天。

「如果累了就回家吧孩子，Nuea，不用勉強自己。如
果你想找婚禮企劃工作，這裡有很多工作機會，而且公
司名聲也都不錯。」

　Namnuea 嘆了口氣，回想起上星期和母親的對話。
距離那天已經過去了半個月，這段時間，他為了忘記那
天晚上發生的事，將精力全花在工作上。Sailom 也沒有
再聯絡他，這讓他鬆了一口氣，也認定這段關係不會再
繼續下去。只是，就算白天再怎麼辛苦地工作，晚上獨
處時，他的心仍然被孤獨折磨著。

　午夜夢迴，他總會回想起那天發生的事，憶起當時
的美好感受，他很想要再被對方用溫柔的眼神注視，雖
然明知道這絕無可能。因為實在太寂寞，讓他不得不尋
求慰藉，於是選擇打電話給媽媽。

　回想起來自己真是不孝，很長一段時間沒和家裡聯
絡，一旦出了事就只能打電話回家求救。

　Namnuea 忍不住又嘆了口氣，他每天都打電話給媽

媽說想念她、想要見她,就算沒有告訴母親到底發生了什麼事,母親也可以感覺到孩子的痛苦,一直以來都縱容自己的人,開始表達希望他回老家工作。

一開始,他還有些猶豫不決,但現在開始認真思考這個選項。

待在曼谷只會讓自己繼續難受,不如就回老家還比較好。

Namnuea 心不在焉地在工作室裡等著客人到來,就算他想逃避,現實就是如此殘酷,婚禮上的佈置及影片剪輯、請帖和小物幾乎都會使用到婚紗照,他必須在現場掌握好工作流程,這同時也考驗著 Namnuea 的忍耐力。

即使他萬般不想再和這對新人有所牽扯,但這是他的工作,不能輕易說放就放。

和認識的攝影師打招呼稍微討論了拍攝方針後,Namnea 默默地替自己煮起咖啡。

他不能再放任自己繼續胡思亂想下去了,必須要把錯誤導回正軌。

Namnuea 再嘆了一口氣，轉身背對門口，由於太沉浸在自己的思緒，導致沒注意到其他聲音。

　　「Nuea，撐下去，幾個小時後，你就不用看到他的臉了。」

　　「你很不想看到我的臉嗎？」

　　該死的！

　　那道每天晚上都會回想起來的低沉嗓音，此時從背後傳來，令 Namnuea 渾身一僵，臉上浮現明顯的驚恐。他握緊了手中的紙杯，張大了雙眼，回身看著那個在自己腦海裡揮之不去的男人。

　　他看起來和平常沒什麼不同，依舊是那麼帥氣好看，全身上下打理得乾淨清爽，唯一不同的是，那個看向自己的眼神……銳利得像是要把自己看穿一般。Namnuea 不得不勉強地露出一抹笑意，用輕鬆的語氣開口：「你好，Lom 先生，來得真早啊。」

　　「你還沒回答我的問題，Nuea。」

　　不要那樣叫我！

　　Namnuea 真想把手中的紙杯往那人臉上砸過去，但

他只能嚥下這口氣，擠出營業用笑容，搖搖頭回道：

「不是的，我怎麼會不想見自己的『客戶』呢？」

他特別強調了「客戶」這個名詞，想讓對方認清自己的身分。

Sailom 先是一愣，視線始終停留在他身上，沒有移開。

「Nuea，我有話想跟你說。」

「但是我沒有！」

這句衝口而出的話連他自己也嚇了一跳，但對方只是嘆了一口氣，不打算就此放棄地繼續靠近他，讓Namnuea 幾乎退無可退。

「我知道我很自私，但我真的希望你能聽我說，Nuea。」Sailom 的口氣有著掩不去的認真，並且越走越近，直到身體快要貼上 Namnuea。

Namnuea 無言以對，他不想看到這個攪亂自己心房的人，卻同時又因為 Sailom 的聲音而感到自己的武裝正在一步步瓦解。

但此時此地正準備要拍 Lom 先生的婚紗照，怎麼可

以鬆懈？

　　當 Sailom 將手放在 Namnuea 手上時，Namnuea 下意識想甩掉，但對方卻文風不動，令他只能低下頭，聽著那道頭頂傳來的聲音。

　　「我很高興那天晚上所發生的事，Nuea。我想跟你聯絡，但當我拿起手機時，腦海裡就會浮現你的話，可是我不想忘記，我一直想找機會和你聊聊；我知道你不想接我的電話，連婚禮的事也只跟 Yiwa 討論，你甚至沒想過要和我聯絡。」

　　Namnuea 咬緊下唇直到產生痛覺，他握緊了雙手，強迫自己不能心軟。

　　「你等一下有時間嗎……」Sailom 看著他的樣子繼續說。

　　「哦，Nuea 哥，你在這裡。」

　　Sailom 的話還沒說完，後方就傳來一道清脆的女聲。Namnuea 回過神來，連忙甩開對方的手，身子下意識地往後退了一步，直接撞到桌沿。

　　「啊！」

「唉呀，Nuea 哥，你沒事吧？」Yiwa 從 Sailom 身後探出頭，有些著急地問。

「我沒事，Yiwa 小姐好，您也來得真早。」Namnuea 用力地搖搖頭，不知道自己該用什麼表情面對新娘，只能勉強擠出笑意。

「Lom 哥堅持要早點來，也不知道是想早點來見誰呢。」

Namnuea 面露不解地看著 Yiwa，不知道這話是什麼意思，但那天晚上發生的事讓他又內疚地低下了頭，不敢再看過去。

「我去跟工作人員說一下，Yiwa 小姐可以去換衣服化妝了。」Namnuea 快步地想經過高大男子身邊，原本他以為新娘出現後，男子不會再有任何反應，然而事情發展卻出乎意料。

高大男子伸出手抓住了他的手臂，面帶憂心地緊盯著 Namnuea，用著有些憤怒的聲音開口：「你沒注意到自己的手嗎？」

「哦，天啊！Nuea 哥，你的手沒被燙傷吧？趕快去

沖冷水！」Yiwa 見狀也驚呼出聲。

　　Namnuea 這才意識到手中的咖啡不知道什麼時候灑了出來，他的手上有被咖啡濺過的痕跡，地上也有黑色液體，就算在外人眼裡他可能已被咖啡燙傷，但他卻一點痛覺都沒有。

　　「沒、沒事的……」他將紙杯丟進垃圾桶裡，給了新娘一記微笑，「咖啡已經涼了，我先請工作人員把這裡清掃一下。」

　　「你還是先去沖冷水吧。」

　　「我、我自己去就可以了，Lom 先生也趕緊去換衣服吧，謝謝你的關心。」Namnuea 拒絕了 Sailom 的陪伴，使勁抽出了自己的手，即使這樣看起來很不自然，但內心的苦澀讓他再也顧不了這麼多。

　　他在化妝室之前還不忘先交待工作人員先清掃，才從容地走進了洗手間。

　　他知道自己絕對要忍住，不能在那對新人面前哭出來。

「怎麼回事，為什麼 Nuea 哥看起來像是要哭出來
了？」Yiwa 看著他慌忙離去的背影，忍不住開口問。

「……」

「Lom 哥！」

Sailom 沒有正面回答新娘的問題，只是嘆了口氣，
看著自己仍然殘留對方體溫的手掌。

「這是我的事。」

「那你能處理嗎？你總是容易搞砸你自己的事。」

就算 Sailom 想爭辯卻不知道要回什麼，他看著 Yiwa
的眼神有著不悅，然而對方看起來並不害怕。

「不要再擺出這種表情了，快去找他談啊。」

「現在我的身分是要結婚的新郎啊，Wa，要怎麼去找
他談？」

Yiwa 瞪大了眼，一臉不敢相信地看著 Sailom。

「你還沒把事情真相告訴 Nuea 哥嗎？你瘋了嗎？」

看著 Sailom 因為自己的指責而明顯陰沉的臉色，她

只是將手放到他肩上,「若我是 Nuea 先生,也會很生氣
又很困惑。你明明是別人的新郎,卻一直表現對他有興
趣,一般人都會覺得你不是真心的吧?別想太多了,把
事情真相告訴他吧。我不想成為一個自私的人,如果你
對他有信心,就把真相告訴他,就算多一個人知道也沒
關係的。」

Yiwa 的話讓 Sailom 嘆了口氣,但臉色已經好看許
多。

「我應該要告訴他嗎?」

「你現在才知道?」

正當 Sailom 內心有了答案、準備要追上去時,手機
鈴聲就在這個時候響起。

鈴——

Yiwa 連忙拿起手機,在看到來電者時瞪大了杏眼。

「媽媽打來的,Lom 哥。」

Sailom 停下腳步看向 Yiwa,Yiwa 接起了電話,她的
表情看得出來這通電話應該不是什麼好事。

「糟了,Lom 哥。」

婚禮計畫

「怎麼了？」

Yiwa 結束通話後露出了厭煩的表情。

「媽媽跟阿姨都要來看婚紗拍攝，她們現在已經把車停在樓下了。」

Sailom 低聲咒罵，大大嘆了口氣，與其現在去找另一個人解釋誤會，當務之急是要解決另外兩個難搞的女人，她們只會讓事情變得更複雜。

沒時間讓他再去分心想別的事了。

Namnuea 看到新人們的母親出現在工作室時很是驚訝，但他馬上就擠出營業用笑容，禮貌地打起招呼，同時解釋婚紗照拍攝的概念，令兩位母親很滿意。

「不錯，媽媽也更喜歡在室內棚拍而不是拍外景，要是去拍外景的話，可能在婚禮彩排前就先變黑了一圈。」

「說到彩排，Yiwa 決定要去上新娘課程了嗎？」Sailom 的母親問道。

「我跟她提過了，但她一直說沒有時間，反正下個月

196

我一定會強迫她去好好打理自己，不用擔心，Yiwa 一定
會成為最美的新娘。」

兩位母親聊得很開心，坐在一旁的 Namnuea 卻完全
笑不出來。

「對了，Nuea 先生，結婚的請帖決定好款式了嗎？」

Namnuea 一聽到被點名了，慶幸自己早有準備，他
拿出手裡的文件，讓她們過目請帖的樣本。

「說真的，Nuea 先生，真的不能再增加一、兩百個
人嗎？」

Yiwa 的母親突然轉過頭來小聲詢問，可能是和兩個
孩子商討都沒有結果，只好再次追問他。

「或者再加一百個？」

「一百個也行，我們兩家各五十？」

「唉，那兩個孩子都太固執了，這點說什麼也不肯妥
協。」兩位母親面露不滿。

「雖是這麼說，但他們兩個人心靈相通啊，一個人決
定的事，另一個人就跟著這麼做，簡直是天作之合。」
Sailom 母親講出來的話雖然是在數落，聲音卻聽起來很

愉悅。

「你知道嗎，Nuea 先生，他們從國中就在一起了。」Yiwa 的母親轉向 Namnuea，也不管他想不想聽，逕自說了起來。

以前的 Namnuea 會樂意傾聽家長的分享，但現在的他真的做不到。他一點都不想知道那對新人發生過什麼事，知道的越多，內心就越愧疚。只是看到兩位母親熱情的眼神時，他也只能試著用同樣熱情的口吻回應：

「真的嗎？相愛了十年，很棒呢。」

「是吧，聽說他們在交往時，我一開始還很驚訝，但後來想想也是有跡可循，畢竟兩個人認識這麼久了又總是形影不離，會交往也很正常。我很高興他們終於要結婚了。」

「要是能更聽從我們的安排就好了。」Sailom 的媽媽接口說。

就在 Namnuea 不得不坐在那裡聽兩位母親講述新人過去的戀愛故事時，新娘此時走出了更衣室，而新郎就跟在她身邊。

Namnuea 忍不住凝望著面前的兩人。

美麗的新娘禮服讓 Yiwa 看起來優雅無比，她一身平口婚紗，禮服上用蕾絲和亮片點綴布滿，在燈光照射之下閃閃發光，腰部的抓皺設計讓她的纖腰看起來更細，象牙色長裙下襬拖曳在地，再加上精緻的妝髮，儼然就是一位美麗非凡的公主。

至於站在她身邊的新郎身著高貴的西裝，搭配象牙色襯衫和深色領帶，整個人看起來氣質出眾。他們兩人穿著同一款式的禮服，畫面看起來十分地協調動人。

Lom 是完美的新郎，而他身邊有著完美的新娘。

這個畫面美得就像畫一般。然而就是這個畫面，讓 Namnuea 內心更是煎熬。

「這兩人實在是太相配了！」新人的母親一看到他們走出來便立刻開心地衝口而出，Namnuea 則難受地點點頭，因為他也無法否認這個事實。

「是的，真的很配……比我之前看過的新人都還要來得相配。」他困難地說出了這句話。

「Nuea 先生，聽你這麼說，我們實在是太高興了。」

Namnuea 勉強擠出一抹笑意，前方那對新人並沒有回頭看向這裡，而是低頭似乎在討論些什麼。

那親密的樣子讓他實在不想再看下去了。

Sailom 扶起了 Yiwa 的禮服下襬，讓她走得更輕鬆一些。他是那麼有禮又體貼，在外人眼裡，他們就是一對完美的夫妻。新人的母親討論得越來越熱烈，Namnuea 只能逃避似地躲到了攝影師那裡，甚至不敢再看向正在拍照的新人。

「好的，稍微動一下，新娘稍微抬起頭，把手放在新郎的手臂上，好的就是這樣……」

攝影師的聲音傳了過來，Namnuea 嚥了口口水，忍不住抬頭看向拍照的新人，然後倒抽了一口氣。

他不該抬頭看的。

那兩人簡直是天造地設的一對，他越看越感到內疚和難堪。

Namnuea 原本以為自己很堅強，但到了此刻他才知道，自己真的無法面對現實。

那個急著想要向自己解釋，口中說著無法忘記自

己，說著不後悔那天和自己發生一夜情的新郎，此時正彎腰在新娘耳邊低語，逗得新娘哈哈大笑；那雙抱過自己的有力雙手，此時正輕輕摟著新娘的細腰，像是珍惜什麼重要的物品一般。

鏡頭裡的兩人看起來是那麼的甜蜜完美，而這一切也成為壓垮 Namnuea 的最後一根稻草。

「哥，我先回辦公室了，這裡就交給你了，拍完後請把照片寄給我。」

「哦，Nuea 不留到最後嗎？」

「我剛才突然想起還有一件事情需要處理，抱歉啊，哥。」

Namnuea 心不在焉地解釋，但他已經向拍攝團隊講解過拍攝主題，就算先離開應該也沒關係，其他技術問題就交由現場的工作人員處理。

他覺得自己再也無法忍下去了。他無法再看著新郎和新娘幸福的畫面，因為他的心已刺痛得快要停止跳動。

Namnuea 離開攝影工作室後，決定打通電話給他的老闆，結束後接著又撥了通電話給 Imm 姊，然後用顫抖的聲音說了同一件事。

「我可以休假嗎？我知道很突然，但我想回家一趟⋯⋯」

「Nuea，你怎麼了嗎？」

Namnuea 一聽到她的聲音便哭了出來，只能泣不成聲地說：「姊，對不起，我做不到⋯⋯對不起⋯⋯對不起⋯⋯」

他無法放棄去關注那個男人，原本以為可以挺過來的，但就是做不到。

「Nuea，你冷靜一點，如果做不到也沒關係，你去休假吧，我來處理事情就好，別擔心。」

Imm 姊的關心讓 Namnuea 哭得更凶了，他知道自己現在像個孩子一樣痛哭，但他已經沒有力氣再偽裝下去，只覺得心好痛好痛。

只是拍攝婚紗照而已，他就感覺忍耐到了極限，怎麼能繼續接下來的工作？他做得到真心祝福這對新人嗎？

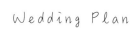

　　Namnuea 不想再去知道這個問題的答案。在結束和 Imm 的通話後，開車回到了自己的住處收拾行李，準備回家。

　　回到那個不會有個名叫 Lom 的男人的地方。

Step 9

沒有什麼地方比家更能讓人安心了。

「Nuea，可以吃飯了。」

「……」

「Nuea。」

「……」

「Namnuea ！」

「噢，媽，我的耳膜要破了。」

Namnuea 坐在臥室的陽台，手臂靠在欄杆上看著不
遠處的操場，有幾個十幾歲的孩子正在打籃球，本來應
該是養眼的畫面，但他卻無心欣賞，只是沉浸在自己的
哀傷，甚至沒注意到母親不知道什麼時候走了進來，直
到她在耳邊大喊自己的名字，那聲音大到連籃球場上的
孩子都聽見了。

「媽媽也喊到嘴巴要破了。」

「好啦好啦，讓我看看哪裡破了，我去幫妳拿藥擦

擦。」Namnuea 討好地說。

「還挺會撒嬌的嘛。」

「妳生得好啊，那還用說。」

自己的兒子雖然露出了大大的笑意，用著輕鬆愉快的口氣說話，但她卻從他仍然泛紅的雙眼知道，這孩子每天晚上都在默默哭泣，從回到這裡開始就沒停過。

她嘆了口氣，一臉嚴肅地拉著兒子的手走進了臥室，讓他坐在床上，看起來像是不想再忍耐地開口：「你在曼谷發生什麼事了？」

Namnuea 本來想裝作沒事，但這次他知道已經不能再像之前那樣蒙混過去了。

他低下頭，不敢直視母親的雙眼。

他真的開不了口。他不敢告訴母親，自己和別人的新郎上床了，這跟當人家的第三者有什麼差別。

「Nuea，孩子，你知道的吧？不管發生什麼事，你永遠都是我的孩子。」母親的手覆上了他的手，用關愛的眼神看著他。

Namnuea 內心滿滿的愧疚讓他只能別過臉去。

「媽，Nuea 犯錯了。」

「你做了什麼呢？」母親輕聲問。

「Nuea 犯了很多錯誤……很多很多……」Namnuea 像個六歲孩子一般低著頭，面對母親的詢問，只是這麼重複著。

媽媽一直教導著他要好好做人，如果被母親知道自己的所做所為，她會怎麼想？

「Nuea 做錯了什麼，能告訴媽媽嗎？」

「Nuea 不敢說，Nuea 現在不想討論這件事。」他感覺自己的心隨著外頭逐漸昏暗的陽光越來越暗沉，暗到快要找不到出路。

「那 Nuea 要自己一個人懷抱著祕密受苦嗎？」

「Nuea 不想連累媽媽。」

「那 Nuea 為什麼還要有媽媽呢？」

Namnuea 聞言明顯一愣，當母親緊握自己的手時，淚水從他的眼角滑落。母親見兒子這樣也很不好受，向來開朗的兒子居然會變得這麼消沉，罪魁禍首到底是誰？

婚禮計畫

「媽媽實在不想再看到 Nuea 繼續這樣下去了，是誰對你做了什麼？」

「不，他什麼也沒做！」Namnuea 下意識地回話。

「那他做了什麼？」母親直勾勾地看著他。

母親知道了自己正為了別人而痛苦不堪……他咬著下唇，不想讓哭聲逸出。

「他什麼也沒做……是 Nuea 的錯。」

如果他再矜持一點，如果他從一開始就知道自己不應該去招惹一個名草有主的人，就不會受到這麼沉重的打擊；那天晚上如果他再抗拒一點，也許不會發展到這樣的地步……讓他愧疚到無法再直視 Yiwa，不得不離開曼谷，不得不選擇逃避。

他的母親靜靜地坐在那裡，聽著他慢慢吐露心事。

「Nuea 不應該……Nuea 不應該愛上一個名草有主的男人，明明知道對方已經有新娘了，Nuea 還是動了心……」Namnuea 再也忍不住地抽泣出聲，哭到肩膀顫抖不止。他可以在同事面前裝得很平常，但在自己母親面前卻做不到。

看著泣不成聲的兒子，雖然她感到有些震驚，但仍然靜靜地聽他說。

　　「Nuea 做錯事了，媽媽。Nuea 做了一個不能被原諒的錯事，Nuea 應該要更堅定一點，不應該輕易放任自己開始這一切，Nuea 好差勁，明知不可為而為之……Nuea 不應該這麼做……」Namnuea 只能一再地重複自己的懺悔，而他由衷的哀傷讓母親也忍不住落下淚來。

　　「Nuea 犯了很大的一個錯誤了，不是嗎？媽媽，這是一個很嚴重的錯誤，不是嗎？」他淚如雨下，然而如同當初他向母親坦承自己不愛女人時一樣，母親這次也同樣摟住了他的肩，讓他將臉埋進她的胸口。

　　「噢，我的孩子。」母親說出了這句話，緊緊地抱住了他，溫柔地撫摸著他的後背及肩膀。

　　Namnuea 在這樣溫柔的安慰之下崩潰地大哭，把所有軟弱盡數交付給這個自己最信任的人。他雙手緊摟母親的腰，喃喃訴說著自己的罪狀。

　　「孩子，聽我說，每個人都會犯錯，沒有人永遠只做正確的事。但好人與壞人的區別就在於犯錯時是否意識

到錯誤，如果你沒意識到就不會哭成現在這個樣子，也不會感到懊悔難受，更不會想告訴我，所以沒事的，孩子。」

Namnuea 越聽越難過，緊緊摟著母親，像個小孩子一樣吸了吸鼻子。

「你沒有讓這個錯誤繼續下去，選擇了抽身，雖然你犯了錯，但你修正了它；我不知道你究竟犯了什麼錯，但不要再這樣折磨自己了，不要把自己當成壞人，媽媽的孩子永遠都是最好的。」

「媽……對不起……真的對不起……」他只能不停不停道著歉，感受到母親也跟著自己在受苦。「我不會再犯同樣的錯誤了，不會再犯了。」

他難過地向母親許下承諾，再也不會把自己置於那樣的境地。

他不能當別人的第三者。愛情裡只能有兩個人，如果有了第三者，那就不叫愛情。

「好了孩子，你是媽媽的乖兒子。」

Namnuea 抬起頭看向那個眼眶含淚卻仍對自己微笑

的人，她伸出了手，輕輕擦掉自己臉上的淚水。

「現在，媽的乖兒子應該先去洗把臉，然後準備吃飯，爸爸等很久了。」

Namnuea 點點頭，正當他準備要走進浴室時，母親溫柔的聲音從後方傳來。

「如果你遇到了困難，不要猶豫，回來老家吧。記住，家是你永遠的避風港。」

「嗯。」

他迅速地躲進了浴室，因為母親的話讓他又有了再度落淚的衝動。

像他這樣的成年人不應該太依賴父母，在曼谷生活了快十年，照理來說已經是個大人，該學會獨立自主，但他知道自己紅著雙眼去樓下吃飯，父親就算什麼都沒問，也會私下要求母親多為自己做點事，有如自己仍然是個孩子一樣。

他知道父母很擔心自己，但即使如此，家仍然是他唯一的歸宿。

對不起，爸爸，媽媽，Nuea 會學著更堅強，不會再

因為別人而變得懦弱，不會再讓別人傷害我，更不會再
讓你們擔心了。

「哇，幾年沒來這裡，怎麼感覺變了很多。」

「你看你幾年沒回來了，我兒子還沒機會見你一面
呢。」

「哦，真是抱歉啊，這位媽媽。」

自從回到家已經過了三天，除了吃飯、睡覺和看書
之外，Namnuea 沒做過其他的事。然而就在今天，一個
意想不到的人造訪了。

來者是他的表妹 Rearay，現在已經當媽媽了，聽說
他回到老家度假就來找他，由於 Namnuea 整個人十分憔
悴，因此母親要表妹帶著 Namnuea 去她們家的農場呼吸
呼吸新鮮空氣。

所以他來到了四位表親家的農場。

Rearin 是年紀最大的表姊，長相十分出色，個性比
男人還更果斷，負責管理農場的是她重要的助手們，也

就是她的妹妹 Rearay 及妹夫 Ton，老三 Ranta 已前往英國去念管理學，至於大家最疼愛的老么則是在曼谷讀工程學院。

此刻，Namnuea 看著一望無際的花田，還有那數百名的工人。

「話說，我姪子呢？」

「在家裡。」

Namnuea 一聽，立刻明白了整件事的來龍去脈。

「哦～～我媽說讓妳帶我出來呼吸新鮮空氣，其實是想把我趕出家門啊？」

Rearay 點頭承認，笑笑地看向他。

她的眼神像彷彿能讀懂自己的內心，令 Namnuea 別開了視線。

這也許是媽媽找她的原因，跟同齡人似乎更容易溝通。

Rearay 是一個美麗、溫柔、具有北方風情的女孩，要不是這樣怎麼吸引她老公呢。

「你有什麼心事嗎？」

「沒什麼。」

「關於工作、錢、還是愛情？」

「最後一個，滿意了嗎？」

「如果不滿意呢？」Namnuea 的話讓那個才小他兩個多月的表妹眉頭輕皺。

「反正我也不會告訴妳太多。」

「好吧。」答案不如預期，她雙手環胸靠在門邊，看向遠方。「你有沒有看上哪個工人？有誰是你的菜嗎？今天晚上可以叫他過來。」

她的話引得聽者笑了出聲。幾年前，Namnuea 曾偷偷告訴過她自己的性取向，並透露自己看上了這裡的某一位工人，請 Rearay 以農場女兒的身分介紹自己和那個人認識，但他沒想到這個舉動反而曝光了自己的祕密。

他很高興他們可以像現在這樣輕鬆自在地討論這個話題，即使那段過去其實有點荒唐。

「那就……那個人吧。」

他指著不遠處一個長相帥氣的年輕工人，不管是髮型或五官甚至體型，看起來都不像是農場的勞動者，只

有他身後一輛載著肥料的小貨車顯示他可能和農場工作有關。但 Rearay 看到他指的男人時，猛然大笑出聲。

「哈哈哈，Nuea，不行……那個人不行……哈哈哈，天啊，我快笑死了。」

面對表妹的大笑。他只能困惑地揚起眉毛看向她。

「那個人是 Ryu。」Namnuea 看著 Rearay 指向站在另一邊長相秀氣的男子，那正是她最小的弟弟 Ryu，「而站在他身邊、那個被你看上的人，是他的男朋友。」

「什麼，妳說他交了男朋友？他終於接受男人了嗎？」Namnuea 驚呼出聲。

Ryu 雖然長相秀氣但個性卻像老虎一樣凶猛，因為長得比女人還漂亮，招來了不少男性追求者，從前他還會很認真地強調他是男人，沒想到去曼谷念個幾年書，就改變性向了？

Rearay 大笑出聲並點點頭。

「對的，他接受了。那個人叫 Sun，他們念同一所大學，兩年前就來過。」Rearay 看到旁邊的人笑到說不出話來時，繼續解釋，「每次他們回來的時候，Sun 都被

Rearin 姊當佣人使喚。」

「這個家庭的老大跟老么應該要交換一下性別。」Namnuea 忍不住這麼說。

而他們的笑聲似乎也引起樓下人的注意，Ryu 抬起頭看向他們。

「Nuea！Nuea！」他興奮地跳了起來，向他們招手大喊。

「嗨 Ryu，你帶了老公回來是嗎？」

「什麼？」Ryu 馬上臉紅地搖搖頭，拒絕承認。

「哦，那不然那個人是誰？」Namnuea 指向一旁聽到老公兩個字已笑得合不攏嘴的男人。

「你好，我是 Ryu 的老公，交往很久了，很高興認識你。」對方還不忘大聲地向在場所有人宣示主權。

這孩子真是厚臉皮又有些自負。深得我心。

「嘿、Sun，你想死嗎？」Ryu 用力地打了男朋友一下，不過臉上的紅雲顯示這只是他表達害羞的方法。

Namnuea 笑笑地看著打鬧的兩人玩起你追我趕的遊戲，他的表妹則繼續解釋：

「Sun 比 Ryu 小一歲，現在大三，即使如此還是追到了 Ryu。」

他點點頭，雖然臉上仍掛著笑意，看起來卻有些悲傷。

「真令人羨慕。」

「你在曼谷遇到什麼事嗎？要不要和我談談？」Rearay 轉頭看向他。

母親應該沒有告訴她發生什麼事，但他也不想吐露太多，只好用一笑帶過。

「事情已經結束了，沒什麼好說的。我能去找 Ryu 聊聊嗎？」Namnuea 改變了話題，Rearay 也只是笑笑地跟著轉移話題。

「今天要在這裡過夜嗎？」

「怎麼能不過夜呢？我媽早就連行李都幫我準備好了，我可以在這裡多住幾天嗎？」

「你想住多久就住多久，這裡就像你家。」

當房子的主人答應 Namnuea 的請求後，他決定暫時不回家，即使這裡距離他的老家很遠，仍然讓他感覺很

好。雖然心知肚明問題依然沒有解決，但至少在這裡他能稍微地喘口氣。

等 Yiwa 小姐的婚禮結束後，他會認真考慮母親的提議，或許辭掉在曼谷的工作回來老家也不是一件壞事。

至少這裡，他的家人都在。

「Namnuea 去度假是什麼意思？」

「就是字面上的意思，Lom 先生。Namnuea 要求請假，而且歸期未定。」

The Wiwa Square 公司裡充滿了緊張的氣氛，當這位多金的客人衝進來要求見自己的婚禮策劃師時，才得知自己的婚禮策劃師休了一個長假。

他銳利的眼神盯著面前的女子，表情有著明顯的不悅。

拍婚紗照的那天，他讓 Yiwa 帶兩位母親回家，自己空出時間打算找 Namnuea 解釋清楚，但當他想找人時，對方已經不知去向，而且手機也關機，打電話到公司就

說人不在，幾次下來令他幾乎快要瘋了，Sailom 再也忍受不了地跑來這裡直接詢問情況。

「Lom 先生別擔心婚禮後續的進度，我會接手的。」

「我想見 Nuea。」

「真的很抱歉，我們也聯絡不上他。」Imm 雖然表現得很有禮貌的樣子，但 Sailom 從她的眼神看得出她的不滿還有明顯的反感。

「我不認為 Nuea 會是這麼沒有責任感的人。」

「如果有人把他逼到絕境了，他也不得不這麼做。」

Sailom 確定 Imm 知道自己和 Namnuea 的事情，但或許她知道的還不夠多，所以目前也只能僵持在這裡。

「我拜託妳了，我真的有事想跟他說。」

「如果是關於婚禮的話，您可以告訴我，我們會讓您的婚禮完美又圓滿……」

「跟婚禮沒有關係，是關於我和 Nuea 的！」

Imm 的話還沒說完，就被 Sailom 大聲打斷，Imm 盯向他的眼神有著濃濃的憤怒和不悅，但她並沒有明著說出來，只是重複了原本的話。

「我們聯絡不上 Nuea。」

「說謊！」

「那麼請 Lom 先生去問問整間辦公室的人，是不是有人能聯絡得上 Nuea？ Nuea 早就把手機關機了。」

看著 Imm 皮笑肉不笑的表情，Sailom 握緊了雙拳，如果不是因為她是女人，自己早就忍不住掐住她的脖子了，但他知道不可以這麼做，於是只做了一個深呼吸。

「我真的需要跟 Nuea 聊聊。」

「我覺得您應該更需要跟 Yiwa 小姐聊聊。」

跟 Yiwa 有什麼關係！ Sailom 很想這麼回嘴，但此時他才終於注意到一件事：在外人的眼裡，自己明明是即將要和美麗的新娘步入禮堂的人，為什麼又要來招惹 Namnuea？

但此時他卻無法把婚禮背後的內幕說出口，因為他不知道能相信誰。

他還沒有讓 Namnuea 知道事情真相，又該怎麼告訴面前的 Imm？

「Lom 先生最好先回去吧，如果我們能聯絡上 Nuea，

Wedding Plan

會再通知您的。」

　他清楚知道她根本不會去聯絡 Naea。

　Sailom 無奈地暗忖，但也只能耙了耙頭髮深深嘆氣；他知道自己這樣橫衝直撞不會有好結果，只會讓人更看不起，他甚至打算改變主意直接去 Namnuea 的住處堵人——如果人還在曼谷的話，總是要回家一趟的。即使他知道自己這麼做極有風險。

　「好吧，我走，我會再跟妳聯絡。」

　語畢，Sailom 便離開了辦公室，迅速地坐進自己的車裡，接著用力地錘了方向盤，希望能藉此紓發鋪天蓋地的無能為力。

　「該死的！」

　鈴——

　就在他發洩情緒時，手機鈴聲在此時響了起來。

　「喂？」

　「Lom 哥，你找到 Nuea 了嗎？」電話那端傳來 Yiwa 的聲音。

　「沒有，他們公司的人說他去度假，手機還關機了，

婚禮計畫

每個人都不願意告訴我他在哪裡。」Sailom 的口氣有著明顯的不爽。

「他們大概覺得你明明要結婚了，卻還去招惹 Nuea 哥，認為你是渣男吧。」

「Yiwa！」她居然還有心情取笑他，Sailom 不禁氣得大喊了她的名字。

「Lom 哥不要太顧慮 Wa，你可以自私一點沒關係。」Yiwa 收起玩笑的口氣，淡定地說。

Sailom 回不了話，只能嘆一口氣。

「Lom 哥能在那裡等一下嗎，我正開車前往你所在的地方，然後我會打電話給 Imm 小姐，告訴她我們要一起去見她。」

「Wa，妳確定嗎？我只是想要找到 Nuea，把事情真相告訴他而已……」

「Lom 哥也不知道什麼時候才能見到他，不是嗎？要是他受不了辭職了，你要去哪裡找他？我不想自己一個人自私地擁有幸福，卻陷你於水深火熱之中。每次都是你幫我的，這次讓我來幫你吧。」

Sailom 心中有千言萬語，卻什麼都說不出口，只能接受 Yiwa 的好意，坐在車裡等著她的到來。他閉上了雙眼，苦苦思念著自己現在最想見到的那個人。

他知道自己在 Namnuea 及其他人眼裡肯定是標準的渣男。

Sailom 不是不想和 Namnuea 正常交往，然而這就代表他必須打破多年來一直隱藏的祕密，在這個重要的時刻攤在陽光下。一開始之所以沒有把真相告訴 Namnuea，他承認是自己還不夠信任對方，但當他們發生關係後，親眼見到對方有多麼痛苦時，他就再也無法隱藏下去了。

要是婚禮真的失敗了，那就讓它失敗吧，他一點也不想就此失去 Namnuea。

第一眼看到他時，自己就對他產生了好感，不管是他的眼神、微笑，或者是他吃飯時自然流露出的開心表情，只要看著他，就會不由自主地想跟著微笑；他表達不滿的模樣及眼神都如此可愛，只要和他在一起，就會滿心愉悅，到了最後，腦海裡想的都是他。

Sailom 不知道自己是什麼時候愛上 Namnuea 的，只是不由自主地一直想要見他，想要和他說話，想要觸摸他，不得不用各種名義和藉口約他出來見面。

如果 Namnuea 真的逃走了，那我該怎麼辦？

一思及此，他覺得心像被刀刺入一般劇痛，自己除了 Namnuea 的老家在北邊、出生在洪水氾濫的日子之外，什麼都不知道。不知道他的老家實際在哪裡，不知道他的朋友在哪裡，這些認知都強烈讓他感到胸口有如被大石壓得喘不過氣。

「那天晚上，我真的很高興能擁有你。」

那天早上醒來，自己原本還在高興和 Namnuea 的關係更進一步了，但 Namnuea 表現出來的態度令他知道兩人的想法並不相同。之所以會造成這種結果，是自己沒有把事情真相說出來的錯，而不是選擇退縮的 Namnuea 的問題。

有誰能忍受一個即將要結婚的男人還跟自己上了床？

他的思緒飄得好遠，直到 Yiwa 輕敲著他的車窗玻

璃，才回神過來。

　　Sailom 打開車門後暗自決定，絕對不能再讓 Namnuea 離開自己身邊。

　　這輩子他都被母親牽著鼻子走，這一次，他想要緊緊把握住去愛一個人的自由。

　　當 Sailom 和 Yiwa 一起把所有事情全都告訴 Imm 後，她看起來很煩惱。

　　「Lom 哥和 Nuea 先生並沒有做錯什麼事。」Yiwa 開口說。

　　「但 Lom 先生確實要和 Yiwa 小姐結婚了……」

　　「如果……這段婚姻並不是出於愛情呢？」Yiwa 深吸了一口氣，看了她一眼。

　　「Yiwa 小姐的意思是……」

　　「我想說的是，如果這場婚禮打從一開始，就只是一場戲呢？」

　　Imm 聞言震驚不已。

「我和 Yiwa 的結婚是假的，但我對 Nuea 的感情是真的……拜託妳了，請告訴我 Nuea 現在人在哪裡。我想和他談談，我想向他解釋這一切，我想讓他理解並取得他的原諒，拜託妳了，Imm 小姐。」

Imm 看了一眼 Sailom，又看了一眼 Yiwa，最後只能大大嘆了口氣。

「請稍等吧。」

她起身走出了辦公室，接著拿了一份資料回來，上頭有著當初 Namnuea 留下來的基本資料和老家的電話，然後她用再嚴屬不過的口氣放話，「如果你再讓 Nuea 哭的話，就別指望我會再幫你第二次。」

Sailom 知道自己讓 Nuea 落淚了，讓那個自己所愛的人如此受傷，現在是他該修正錯誤的時候了。

Step 10

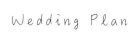

愛就是對話，如果不説出口，對方怎麼會懂呢？

「你是因為交了男朋友才沒怎麼跟我聯絡嗎？」

「哦，不是的 Nuea 哥，沒這回事。」

「是的，Nuea 哥，但我不是男朋友，我是老公。」

「哈哈哈哈……」

農場裡的氣氛似乎比往常都還要熱鬧，不僅小兒子帶了帥氣男友回家，失聯的表親也加入了聊天行列，他還不忘取笑那個坐在男朋友身旁的弟弟。

Ryu 聞言忍不住打了男友一巴掌，但他男友看起來沒有任何畏懼，反而表現出喜歡他這種凶巴巴的樣子。

「居然敢打我一巴掌，今晚要你好看！」

「你想死嗎，Sun ！」

這話是出自愛護弟弟的老大 Rearin 的口中，她看起來一點都不像是在開玩笑，而 Sun 似乎也被她的表情震懾，忍不住尋求男友的安慰。

「Ryu 哥，你看，Rearin 姊想殺了我。」

「你被她殺掉最好。」

「我死了你會哭死的，光是我生一個小病，你就一直守著我不敢離開了。」

Namnuea 笑笑地看著這個奇怪的畫面，向來凶悍的老么此時臉上浮現兩朵紅雲，雖然嘴裡仍然咒罵著男友，卻仍代替他向自己的姊姊求饒。

「明天凌晨四點起床去幫工人砍樹，Sun。」

「沒問題，收到指令！」這位來自曼谷的年輕人表現出一副他知道會發生什麼事的樣子。「我已經習慣一切了，Nuea 哥！這個家的人都很善良，如果辛苦工作的話，會有年輕的女孩子幫忙送飯的。」

「誰是那個年輕的女孩子？」Ryu 沒好氣地說。

「你照鏡子不就知道了？」

這個叫 Sun 的孩子真不簡單，竟然可以輕易降伏 Ryu。

Namnuea 看著打鬧的兩人忍不住笑出聲，接著將視線轉到另一對已婚夫妻身上。

「那你們呢，什麼時候要給我姪子再生個弟弟？」

「再等吧，我打算和 Rearay 先休息三年，這樣才有時間好好陪小孩。」Rearay 的先生 Ton 笑吟吟地開口，「應該會至少生四個。」

「請問懷孕的人是你嗎？Ton？」Rearay 露出一抹甜美的笑容問著自己的先生。

「好嘛，Ray，再生三個。」

Rearin 對天一翻白眼，目光轉向了她的表弟。

「那你呢，Nuea？」

「妳要不要先問問妳自己啊，Rin？妳想當一輩子老處女嗎？」

「老處女也是值錢的好嗎？」Rearin 不失幽默地回嘴，她並不在意自己單身。

「像我這樣的人是不可能像 Ryu 一樣找到對象的，可能一輩子都會單身吧。再說了，單身生活也不可怕，自從我意識到自己的性向以來，早就接受這樣的事實，有多少同性戀情侶是能舉行婚禮的？」Namnuea 從不掩飾自己是同性戀的事，只是沒有廣告眾知，而且表現也不明顯。

Sun 聞言卻忍不住瞪大了眼。

「我覺得 Nuea 哥遇到另一半的機會可能比 Rin 姊還要大。」

這小朋友真是不怕死。但 Rearin 似乎不在意，只是同意他的說法繼續說：

「確實，Nuea 很有魅力，不論是對男性或女性，都有讓人喜歡的本錢，而且還會表明自己是單身。」

「我也這麼覺得，如果不是 Ryu 哥，我可能會先追 Nuea 哥吧。」Sun 注意到身旁人散發著不悅，像是想起什麼似地連忙開口，「但對不起，現在我一心一意只有 Ryu 哥了，對吧，Ryu 哥？」

他一邊開口一邊想要把頭靠在 Ryu 的肩膀上，卻被 Ryu 一把推開。

「那 Sun 是看上 Ryu 哪一點呢？」Ryu 臉上的表情太有趣了，讓 Namnuea 忍不住繼續逗弄他。

「因為他長得很漂亮，個性很酷而且身材很好，更重要的是……很會享受。」Sun 一個彈指，不假思索地直接說。

Namnuae 怎麼也沒想過他們的對話會讓那個沒有開口的當事人憤而起身，臉上的紅暈分不清是因為生氣還是害羞。他低聲咒罵了幾句，差點就要對他的男友豎起中指，接著立馬轉身走回房間，而罪魁禍首臉上有著掩不去的笑意。

　　「我不吃了！」

　　「噢 Ryu 哥，我是認真的，昨天晚上真的很開心。」

　　「去死吧你！」他開口怒斥對方。

　　「我指的是昨天晚上那場有趣的比賽，你想到哪去了？好啦，讓我進去。」Sun 先是作勢敲了敲他的房門，接著轉過頭來向餐桌邊的人眨了眨眼，然後推門準備走進去。

　　雖然那位弟弟看起來很凶悍，但他進房時並沒有將門關上。

　　「各位晚安，我得去安撫那隻生氣的貓兒了。」

　　Sun 走進房門後，只聽到裡頭的人罵了一聲，但在場所有人似乎都很習慣這樣的場景。

　　「每次都是這樣吵吵鬧鬧的嗎？」

「嗯。」Ton 點點頭老實地承認，將目光轉回餐桌。

Namnuea 忍不住嘆了口氣，承認自己很羨慕 Ryu 和 Sun，雖然前者看起來老是在生氣，但後者卻有無止境的包容，不吝付出自己的疼愛……讓他感到有些嫉妒。

他能找到像這樣的人嗎？

不行，當務之急是要先忘記那個傷害他的人吧。

但是，得花多久的時間才能忘記呢？

Sailom 一到清邁機場就立刻走向國內旅客的入境口，打算招一輛計程車前往 Namnuea 留在公司的地址，昨天他還先打了一通電話到他的老家。

「請問 Namnuea 在嗎？」

「你是誰？Nuea 的朋友嗎？怎麼知道他回老家了？」

電話那端似乎是 Namnuea 的母親，儘管可以說謊，但 Sailom 還是直接地表達自己的身分。

「我不是 Namnuea 的朋友，我是他的客戶。」

他說得沒錯，Namnuea 並不認為自己是他的朋友。但當自己這麼開口後，那位母親似乎意識到不會有一個客戶專門打電話過去，於是她沉默了一會兒，再嘆了口氣，問了一個讓 Sailom 震驚的問題。

「你是那個讓 Nuea 哭泣的人嗎？」

他又再一次聽到 Namnuea 哭泣的消息，只是他卻什麼都做不了。

「阿姨求你了，不要再來招惹 Nuea，他已經吃了很多苦，而且你也有別人了不是嗎？不要再讓 Nuea 痛苦下去了。」

Sailom 知道 Nuea 應該已向他母親提起一些事，但還是忍不住說：「可以讓我親自向他解釋嗎？Nuea 誤會了，請讓我和他談談。」

「我不知道 Nuea 現在是否願意和你對話。」

「沒關係，他現在不想也沒關係，我可以明天早上飛去清邁。」

對方沉默了好一會，又再度開口問道：

「你叫什麼名字？」

「Sailom，我叫 Sailom。」

人已在清邁的 Sailom 不清楚對方是否願意讓他們見面，但既然已經先打過招呼了，那現在招車去 Namnuea 的老家應該也不會很突兀。

就在這個時候，一道男聲響起。

「Sailom 先生在哪裡？ Sailom 先生？」

Sailom 看向那個喊著自己名字的人。他看起來就像是個大學生，手裡拿著一個寫著名字的牌子，另一個人則要他小聲一點。

他猜想這兩人可能是 Namnuea 的朋友或親戚，那個舉牌的人應該不是來趕他回曼谷的，但如果是另一個人的話⋯⋯

「我是 Sailom。」他走向了兩人，露出明朗的笑容自我介紹。

「有人派我來接你，你是來找 Nuea 哥的吧？」

「嗯。」

舉牌的人長相很帥氣，看著自己的眼神有著同情，

接著在他耳邊小聲地說：

「Lom 哥，你知道嗎？想要帶走這個家裡的人，必須要有打死不退的精神。」

「什麼？」他不解地揚起一邊眉毛。

「我說，我叫 Sun，等下我們會送你到 Rin 姊的農場。」

「農場？」Sailom 越聽越困惑，他明明聽說 Nuea 的老家在市中心，為什麼要去農場？

「你去了就知道了，但我得給你個忠告，他們會派我來接你，就是因為我的開車技術最差，Rin 姊指示要我開最陡的那條山路。」

看著自己的行李被男孩拿走，Sailom 突然有股不祥的預感。

「如果我不去呢？」

「那你可能就再也見不到 Nuea 哥了。Ray 姊讓我這樣告訴你，別懷疑她說的話，因為她和 Nuea 感情很好。」

看來這個叫 Sun 的人應該不是個普通的農場工人，他竟回答了自己所有的疑問，於是 Sailom 只能妥協，答

應了所有要求。

　　然後就開始了他的驚險山路之旅。

　　「你們有人看到 Sun 嗎？」

　　坐在陽台看書的 Namnuea 見到老么 Ryu 手裡拿著一個裝滿食物的籃子，臉色很難看地走進來，忍不住露出一抹笑意。

　　「你現在是送食物的年輕女孩嗎，Ryu ？」

　　「你要不是 Nuea 哥，我早就罵人了。」長相秀氣的男孩子忍不住開口回嗆，又將話題繞了回來，「你看到 Sun 了嗎？一早就不見他的身影，Rin 姊昨天叫他去砍樹，但我問了工人，都沒人看到他。」

　　「你很擔心他嗎？」弟弟的口吻有著掩不去的擔心，讓 Namnuea 忍不住逗起他。

　　「要是他死在山上，我還得去收屍，多麻煩。」雖然 Ryu 嘴巴是這麼說，表情卻很老實，因為現在已經是下午兩點了。

「我沒看到他的人。」

就在這個時候 Rearay 走了進來，開口問：「Sun 還沒回來嗎？」

「Ray 姊，妳知道 Sun 去哪裡了嗎？」

「我讓他去市中心接人了。」

Ryu 將手中的罐子放在桌上，問了一個 Namnuea 也想知道的問題。

「去接誰了，媽媽嗎？」

「不是。」

Namnuea 不知道為什麼 Ray 看著自己露出了神祕的笑容。

「去機場接人。」

「有人要來參觀農場嗎？」Ryu 繼續猜測。

「那個人是來找 Nuea 的。」

Ray 這麼一說，Namnuea 內心立刻升起不好的預感。

「不要告訴我是……」

就在這個時候，外頭傳來小貨車的聲音，Ray 笑笑地說：「啊，來得正好。」

Namnuea 緊張地衝了出去，暗自希望不會是他想的那個人。

然而，當他看到那個從小貨車上走下來的人時，臉色一陣發白，眉頭皺得死緊。他的願望並沒有實現，即使他每天晚上都在思念著這個人。

「你是怎麼來這裡的？！」

「是我去接他的。」回答他的不是下車的那個人，而是臉上掛著笑容的司機。Sun 轉動著車鑰匙，為自己的駕駛技術讓 Sailom 狼狽不已而十分驕傲。

Sailom 努力克服暈眩感，站直自己的身體，做了一個深呼吸後，看向了 Namnuea 的雙眼，用再認真不過的口氣說道：

「我想見你。」

「但我不想見到你。」

他轉過身看向站在一旁的表妹，「這是妳的計畫嗎，Ray？」

「是阿姨要求的。如果讓他去市中心的話，可能會被傳得更難聽，阿姨不想讓別人說你的閒話，希望讓你們

在這裡談談。」Ray 倒也老實地回答。

Namnuea 緊握了拳頭，轉身看向 Sailom，用僵硬的語氣開口：「你回去吧，我不想跟你說話，別忘了，還有一個月你就要結婚了。」

「該死的！你居然……」Ryu 低咒一聲，其他人則面露驚訝地看向了他們。儘管眾人已經猜到對方的身分，卻沒想到他居然是一個要結婚的新郎，而且居然還有勇氣來找人！

Sailom 連忙抓住了 Namnuea 的手臂。

「你誤會了，Nuea。」

「誤會？我是你的婚禮策劃師，怎麼會誤會呢？你愛的是你的新娘不是我，回去找你的 Yiwa 小姐吧。如果你追到這裡是擔心我不會幫你繼續執行活動，那你大可放心，我會回去的。我會等到你的婚禮結束後才辭職，你滿意了嗎？」Namnuea 再也克制不住地大喊出聲，他的眼前泛起一片薄霧，用力掙脫了對方的手，轉頭看向自己的親戚朋友，「把他帶走。」

語畢他便頭也不回地迅速離去，Sailom 原本想要追

上去，卻被 Ray 和 Ryu 擋住了去路，一開始本來還有些友善的人，現在已面露敵意。

「你怎麼來的，就怎麼回去！」Ryu 生氣地放話。

「你能解釋一下是怎麼回事嗎？你是要來讓 Nuea 更難過的嗎？」

至於站在一旁的 Sun 親眼見識過這對姊弟的可怕，心裡暗想看來 Sailom 哥還有很辛苦的一段長路要走。如果 Rin 姊也在場的話，Sailom 哥可能會直接被拖去活埋。

「該死的，他幹嘛？為什麼要來見我！我已經很努力想忘記他的事！」

Namnuea 走了很長一段路，生氣地咒罵著那個人，但他反而更氣自己。見到 Sailom 竟跑到清邁來找他時，內心居然還有些高興，這並不是一個好現象，因為這代表自己還無法還放棄這個男人，這讓 Namnuea 對 Yiwa 的愧疚又加深了不少。

只要看到他的臉，自己試圖堅強的內心就會崩塌。

Namnuea 感覺自己不停地在落淚，他用手擦抹掉臉上的淚水，接著深吸了一口氣，想在崩潰之前平靜下來。

　　他找了一個角落確保 Sailom 應該找不到自己，然後呆滯地望向遠方，看起來就像是一個農場工人正在照顧花一樣，但實際上他看的是遙遙的遠處，腦海回想剛才 Sailom 試圖想要解釋一切的表情。不懂還有什麼好解釋的，Sailom 要結婚是不爭的事實啊。

　　「Nuea。」

　　「Ton 哥。」

　　Namnuea 看見來者明顯一愣，勉強自己擠出一抹笑意，並挪動身體讓他坐到旁邊。

　　「大家都在擔心你。」

　　「Ton 哥，我不是 Ryu，沒那麼可怕。」他半開玩笑地說。

　　「不是的，Nuea，因為我們是一家人，所以會擔心你。現在 Ray 打來說 Ryu 一副準備要殺人的樣子，他們全都不肯讓那個人來找你。」Ton 笑笑地解釋。他向來是個冷靜的人，難怪這家子的人全心全意地接受他。

　　Ton 哥是個好人，畢竟有多少男人會願意為了妻子的話，坐下來安慰一個同性戀，還用擔心的表情看著自己？

　　「把那位客人送走了嗎？」

　　「他不願意回去，怎樣都勸不走。」

　　「對不起，Ton 哥，都是我才把這裡搞得一團亂。」Namnuea 語氣歉疚，令 Ton 笑出了聲。

　　「那這樣的話就換我要道歉了，在我和 Ray 的婚禮上，你是最用心忙裡忙外的那個。」

　　他知道 Ton 想表達自己是家人，家人遇到麻煩就要互相幫忙，不知道為什麼，Namnuea 很想告訴他自己的心事，就連 Ray 他都沒有提過。

　　「如果你知道我的事之後，也許就不會把我當成是你的家人了……我和那個人做過了。」Ton 沒有任何回應，Namnuea 便繼續說，「對，就是那個我幫他安排婚禮的新郎……我和客戶上了床。我明明知道他要結婚了，很噁心對吧？」

　　太好了，這下子應該所有人都會唾棄他吧？

一開始 Ton 看起來像是有些驚訝，但他接下來的問題讓 Namnuea 睜大了眼。

　　「那 Nuea 不試著聽他解釋嗎？」

　　「我該聽一個名草有主的男人解釋嗎？」

　　「但如果你不聽，不就懸在這裡依然如此心痛嗎？」

　　「……」

　　Namnuea 不否認 Ton 哥的話很有道理，但他只是嘆了口氣。

　　「我知道你很猶豫，但我想以一個已婚的人給你建議，心裡的話如果不說出口，是無法與人好好溝通的。他敢追到這裡來，就表示他有話想告訴你，那你就聽聽他怎麼說吧。要是真的不能接受，就明確拒絕他，這樣你應該會好過一點。」Ton 起身拍了拍他的肩膀。「現在他試著想跟 Nuea 對話，試著讓 Nuea 聽他解釋，Nuea 本人也應該告訴他你的想法，你對新娘很愧疚的感覺必須要讓他都知道……好好地聊聊，徹底了解實際的情況吧。」

　　Namnuea 坐在原地，有些困難地開口：「我需要一

點時間，Ton 哥，我現在……真的不敢去面對他。」

「你可以好好思考，但如果你不在 Rin 姊回來之前想通的話，我擔心他會直接被活埋當成肥料。」Ton 露出一抹笑容後便轉身而去。

雖然 Namnuea 的心情有些沉重，但還是忍不住被 Ton 的話給逗笑了。Ray 知道他會聽 Ton 說的話，所以才派 Ton 來開導自己，而他也真的接受了。

Namnuea 長長地嘆了一口氣，他真的做好心理準備結束這一切了嗎？

也是時候該和對方好好談談了，試著了解他想解釋的是什麼內情。

只是……他真的能做到勇敢面對而不逃避嗎？

Sailom 感到很煩躁，此時此刻他像個犯人一樣，坐在泰式高腳屋裡好幾個小時動彈不得。他很想趕快去找 Namnuea 解釋清楚一切，但 Namnuea 的親戚卻像看管犯人般派了工人守著他，讓他哪也去不了；如果他敢輕舉

妄動的話，農場的工人很有可能會對他動手。

「冷靜點，哥，這個家的女主人太可怕了。如果你想衝出去的話，一定會被拖上車然後送回機場，而且在那之前可能會先受點皮肉之痛。」Sun 開口說。

原本站起身的 Sailom 只能嘆了口大氣，又無力地坐回原來的位置，耙了耙自己的頭髮。

「那我該怎麼辦？」

「你先冷靜下來，先想想要跟 Nuea 哥說些什麼。我覺得 Nuea 哥應該不會想聽你講太久，你最好精簡一點。」

Sailom 已經把自己和 Yiwa 的事告訴了所有人，明明應該先跟 Namnuea 解釋的，現在卻被迫顛倒順序。但如果他不先說出來的話，現在也無法坐在這裡苦等。

他看著窗外的景色，發現太陽已逐漸西落，氣溫也漸漸涼了起來，而他卻在這裡浪費時間，好幾個小時過去了，他什麼也做不了。

然而，這正好給了 Sailom 思考的時間。他明白自己傷害 Namnuea 太深了，讓 Namnuea 只能選擇逃到這裡，

還撂下想要辭職的狠話。只是簡單的幾句話，Sailom 便足以明白 Namnuea 的心情。他隱瞞一切，卻把自己心愛的人逼到絕境，要是再不把真相說出來的話，自己就真的成了 Yiwa 口中徹頭徹尾的渣男。

他想要把一切真相全都告訴 Namnuea，不管事情會如何發展，他再也不想瞻前顧後。

正當 Sailom 沉痛地苦苦思索時，Sun 注意到了那個走進屋子的人，識相地離開了那裡，把空間留給那兩人。

「有人說，你有話要告訴我。」

「Nuea ！」Sailom 猛一個回頭，對上了 Namnuea 的雙眼，整個人霎時一動也不動。不知道為什麼，Sailom 感受到 Namnuea 那像是絕望一般的眼神，彷彿一切的事情都將走向他最不想要的結果。

「可以讓我先說嗎？我有事想要和你商量……Lom 先生，你能放過我嗎？你還想跟我說什麼？放我走吧，不要再把我扯入你們的愛情裡，我不想當別人口中的第三者，拜託你，放過我吧……」

Namnuea 的聲音顫抖著，他的字字句句狠狠地戳入

了 Sailom 的心臟；Namnuea 眼中泛起淚光，但沒讓眼淚落下，就只是輕聲哀求著。

Sailom 為此心痛不已，他承認都是因為自己無意義的沉默，才狠狠地傷害了深愛的 Namnuea。

「求求你，不要再傷害我了，回去吧。」Namnuea 往後退了一步，繼續說著。

聽到他這麼說，Sailom 的心都要碎了。他知道自己該回去完成那場鬧劇，也該讓這一切結束，但是……

他毫不猶豫地衝向前，抓住了 Namnuea 的手，看著眼前早就紅透了眼眶的人，說出了他最想說的那句話。

Sun 說得沒錯，他應該說得精簡一點。

「我愛你，Namnuea。」

若是只能用簡單的話來表達心意，那就是愛。

「我愛你，所以我不會放你走。」

Sailom 將 Namnuea 緊緊擁入懷中，雖然知道前方的路可能不會順遂，但說什麼他都不會再放手。他會用實際的行動告訴 Namnuea，自己永遠都不打算離開他。

Step 11

愛是一種神奇的東西，
當兩人心心相印時，全世界都是粉紅色的。

　　室內一片寂靜，當 Namnuea 回過神來認真思考對方
所說的話時，內心一股強烈的反抗湧起。

　　愛……

　　「你說謊！」

　　「我沒有說謊！」

　　Sailom 的反駁如此理直氣壯，導致 Namnuea 不得不
憤怒地看向他。

　　要是他認為說那幾個字就能打發自己，那也未免太
汙辱人了吧？他明明就知道真相是什麼。

　　「那你把 Yiwa 小姐置於何處？你說你愛我，那你的
新娘呢？還是你可以同時愛很多人？」

　　Namnuea 的質問迴盪在整個室內，Sailom 眉頭皺得
死緊，但很快就以嚴肅的口吻反駁：

「是的，我愛 Yiwa。」

這句話讓 Namnuea 覺得自己的世界要坍塌了，但他仍然屏住呼吸，強迫自己堅強，看著這個對自己高調宣傳同時愛著兩個人的男人，露出不屑的笑容。

「但我對 Yiwa 的愛就像兄妹一樣！」

正當 Namnuea 還想說些什麼時，Sailom 阻止了他。

Namnuea 瞪大了眼，直視著面前男人的雙眸，試圖想要從他的眼神裡找出些什麼情緒，但只看到對方的自我解嘲。

「你知道你在說什麼嗎？有誰會相信你的鬼話？誰會娶自己的妹妹……」

「我就是那個不得不娶自己妹妹來掩飾自己是同性戀的人！」

Namnuea 再一次啞口無言，他張張嘴想要反駁什麼，卻發現什麼都說不出口。他的大腦一片混亂，看著 Sailom 像是在看什麼奇怪的人，而 Sailom 並沒有給Namnuea 反應時間，持續努力地解釋，深怕對方不聽他說話。

「Nuea，你也覺得這場婚禮很奇怪吧？否則你不會問我是不是自願結婚。是的，我是自願結婚，那是因為這場婚姻一開始就是個幌子，這樣我的家人就不會再干涉我的感情生活。你問為什麼我要招惹你？那是因為我第一眼看到你就心動了，而且——我不喜歡女人。」

Namnuea 震驚地說不出話來，覺得自己像是在看一部狗血八點檔劇，而眼前人正在上演當中一段情節，一切都像是虛假的。Namnuea 搖搖頭，一時之間無法接受。

「Nuea，你要相信我，這場婚禮並不是因為愛情才有的，我和 Yiwa 彼此相愛，但這份感情就像兄妹一樣……」

「那你騙了 Yiwa 小姐嗎？」

「我騙 Yiwa？我什麼時候騙她了？」Sailom 不解地反問。

Namnuea 此時腦海裡突然浮現之前 Imm 姊提過的，為什麼會有很多男同性戀選擇和女人結婚，就是想拿婚姻當幌子，而 Sailom 就是其中之一。

「你拿 Yiwa 小姐當幌子、傷害了她，我真不敢相信

婚禮計畫

你居然這麼差勁，會做出這樣的行為——」

「等等，Nuea，停下來！聽我說！聽我說！」Sailom 抓住了他的肩膀，阻斷了他的斥責。

Namnuea 不知道自己是因為對方的口氣太過嚴厲還是對 Yiwa 的內疚，讓他轉過身去完全背對著 Sailom。難道 Sailom 就如同 Imm 姊說的那樣背著 Yiwa 亂來、把她蒙在鼓裡嗎？

Namnuea 怒不可遏的樣子讓 Sailom 連忙拿起手機，另一隻手還是抓住他的肩膀不放，迅速地點開了螢幕。

「Nuea，你看一下這個。」

「不要，我不想看！」他仍然在努力掙扎。

「你必須看，我求你了，能不能先看完這個再生氣？」Sailom 不想輕易放手，持續乞求 Namnuea 給他一個機會，直到 Namnuea 終於放棄掙扎地轉過身，看向手機上的照片。

那是一張讓他心痛的照片。新郎和新娘的合照，即使裡頭還有一位女性。照片裡的 Yiwa 坐在長椅上，身後站著一位黑長髮女子，她面帶笑意地牽著 Yiwa 的手，兩

人看起來很親密，同樣站在後方的 Sailom 將手搭在 Yiwa 肩膀上，三人對著鏡頭露出了笑意。

然而，Sailom 的手指的不是自己，也不是他的新娘，而是另一個 Namnuea 不認識的女性。

「這個女生是 Yiwa 的女朋友。」

他的話讓 Namnuea 張大了口，「你說什麼？」

Sailom 看著 Namnuea 的雙眼，聽出了他口氣中的不敢置信，似乎想確認自己那句話是否為真，所以 Sailom 點點頭接著說，「Yiwa 不喜歡男人。我是男同志，她是女同志，而你看到的這個人，就是她從大學時期交往的女朋友。」

「但是……你媽媽說，你們從國中就開始交往了。」 Namnuea 猶疑地看向 Sailom。

Sailom 露出一抹苦笑，「因為我和 Yiwa 都了解彼此的性向，我告訴過你吧，Wa 很了解我。當我因為對女人不感興趣而無比迷惘時，Wa 同時來找我商量，說她自己對男人也沒興趣，她喜歡的人是她的室友，那時我們才意會到喜歡同性這件事並不罕見，發生在我身上的事也

發生在 Wa 身上，而我們也同時明白雙方父母不可能會接受這個事實……之後的事情，你大概可以猜到了？」

「所以，你們開始假裝在交往？」Namnuea 有些困難地開口。

「是的，我們假裝在交往，用來掩飾自己的性向。」Sailom 點點頭，證實了這個想法。

「那婚禮呢？」

「辦婚禮是因為我們不想再忍耐自己的家人了。」

Namnuea 一臉疑問地看向他。

「我媽和 Wa 的媽媽是朋友，她們的性格很像，都喜歡介入孩子的生活，所以我們沒有一點自由可言。有一次，她在路上撞見了 Yiwa，回來就質問我為什麼她總是和好朋友出門而不是和我一起，你能明白我的心情嗎？就像家裡始終有一雙眼睛監視著我，讓我不管做什麼事都綁手綁腳，就在這個時候，Wa 向我提議結婚。」

Namnuea 從 Sailom 的眼神看得出來他對家人有多不滿，於是選擇靜靜聆聽。原來 Sailom 並不像自己一樣，擁有能夠理解並接受兒子性向的家人。

「只要我們結婚，就能從家裡搬出去，就算住在一起，也說好了要各過各的。我們結婚是為了不想再讓母親們干涉我們的生活，才會計劃這場虛假的婚禮。」

這就是所有問題的答案——為什麼新娘完全不關心自己的婚禮，因為她根本不愛新郎；為什麼新人不想按照母親們的意思增加賓客數量，因為這本來就是一場騙局，來的賓客越多，受騙的人也就越多。

「那……為什麼你要找我當你的婚禮策劃師？」

是的，如果他們打從一開始就要演一場戲，為什麼要把他牽扯進這場鬧劇？

Namnuea 感覺到 Sailom 指尖傳來的冰冷，靜靜地等著他的回答。

「因為……我愛上了你。」Sailom 吐露了讓 Namnuea 感到有些震撼的答案。他握緊了 Namnuea 的手繼續說，「自從我們第一次在麥當勞相遇，我就對你一見鐘情。」

Namnuea 記得那天去吃飯時曾暗中偷瞄過 Sailom，沒想到對方也同樣注意到了自己。

「你知道嗎？你吃東西時露出來的笑容很迷人，讓我

不由自主被你的開心感染，我第一次體會到快樂原來這麼的簡單；當你觀察窗外時，我一直在好奇是什麼能讓你笑得這麼愉快？不知道為什麼，看到你的笑容就讓我覺得壓力得到紓解，光是看著你，心情就能變好。是你讓我懂得什麼是真正的笑。」

這番話讓 Namnuea 不好意思地臉紅了。他不知道原來 Sailom 一直注意著自己，因為他那時的興趣就是……觀察路邊的男人。這事他實在說不出口。

「我很高興能讓你當我的婚禮策劃師，Yiwa 之所以會把所有決定權都交給我，就是因為我說了喜歡你，她想讓我更靠近你一點；而我之所以不想在電話裡討論重要的事，要和你約在健身房見面，全都是讓你來見我的藉口。我想盡可能跟你相處更長的時間，想要更加了解你，只是我一開始卻無法告訴你實情。」Sailom 嘆了口氣，模樣像個洩氣的皮球。「我很抱歉，但那時我無法相信任何人，即使我對你有興趣，也擔心計畫曝光會帶來的風險。對不起，我讓你一直以為自己在當別人的第三者，對不起，請你原諒我。」

他說得都沒錯，對於一開始還不了解的人，確實難以卸下心防，儘管他已經動了心，但假裝結婚茲事體大，不能輕易鬆口。

即使得知真相後，Namnuea 還是忍不住想問：

「那你為什麼選擇現在才告訴我？」

「因為我不想失去你。」

這件事比所有真相更為重要。Sailom 隨即緊緊地抱住 Namnuea，像是在尋求他的信任一般，想要向他傾訴所有的愛意。

Namnuea 安靜了一會兒，最後才選擇回抱了 Sailom，他閉上了雙眼，知道自己無法再裝作置身事外。

「Lom 先生，你知道你很糟糕嗎？」

「我知道，我很抱歉。」

他的體溫實在太過溫暖，讓 Namnuea 忍不住融化於其中。

「我沒有做錯任何事，對吧？」

「你沒有做錯任何事。」

「我不是別人的第三者，對吧？」Namnuea 像個孩子

般尋找對方的肯定。

「你沒有毀了任何人的家庭或生活。你是那個為我帶來幸福的人。」

「你真的是差勁的男人。」

「是的，我很差勁。」

Namnuea 再也壓抑不住逐漸澎湃的情緒，將臉埋進 Sailom 的胸膛開始痛哭失聲，而 Sailom 像是要回應他一般，更加用力地抱緊了他。

「即使我這麼差勁，也有資格愛你，對吧？」

當內心的恐懼和不安全都因為 Sailom 的一番話而煙消雲散時，Namnuea 吸了吸鼻子，用手背擦去臉上的淚水，抬起頭看向這個平常一副自信非凡的男人，而他此時的語氣居然有些畏縮。

「有誰能阻止你嗎？」

「你可以阻止，只是我不會聽從。」

Namnuea 真的覺得自己很沒用。當 Sailom 的指尖溫柔地擦拭他臉上的淚水時，他只是笑笑地看著沒有反抗；當 Sailom 俯下身在自己唇上落下一吻時，他閉上了眼靜

靜感受。在漫長的一吻結束後，Namnuea 望進 Sailom 的眼睛，聽著他對自己說：

「Namnuea，我愛你。」

就在此時，Namnuea 推開了 Sailom，往後退了一步。

「我不會再生你的氣了，但是我有一個要求。」Namnuea 臉上揚起燦笑，看著那個認真聽著自己要求的男人，然後用力地賞了他一拳。

Sailom 沒想到 Namnuea 會突然揮拳過來，一個沒防備，被打得撞上一旁的椅子，發出了巨大的聲響。他吃痛地摀著臉頰，看著那個正在甩手的行凶者。

「你讓我難過了這麼久，打你一拳也不過分。」

Sailom 抓住了 Namnuea，阻止他準備跑回房間的舉動，用再認真不過的語氣開口：

「你要打我幾拳都沒關係，但有件事，我想知道答案。」

Namnuea 一動也不動地等著他的問題。

「你愛我嗎？」

Namnuea 再揚起拳頭，然而 Sailom 只是靜靜地等著

婚禮計畫

他的回答。

「我不會再打你了……」Namnuea 揚起笑容,「因為答案是……我愛你。」

聞言,Sailom 馬上用力一拉,讓 Namnuea 坐到自己的大腿上,緊緊地摟住了他的腰。

「喂,你在幹嘛?放開我!」

嘴上雖然是這麼說,但 Namnuea 並沒有太認真掙扎,只是搞不懂為什麼兩情相悅後,他卻反而因為心臟狂跳個不停而有些虛軟?

「你可以命令我,但我不見得會聽從。」

「這樣的話,那就永遠都不要放開我的手了啊。」

「這件事是用做的,不是說的。」

其實 Namnuea 還是在生氣,氣自己為什麼可以在這個人的懷裡這麼的開心又滿足。

「你說過你喜歡日落的顏色。」

「嗯,我喜歡。」

心意互通的兩人坐在高腳屋的陽台上，看著遠方即將落下的夕陽。Namnuea 的頭靠在 Sailom 肩上，想起之前他們討論過的話題。

　　「所以，你幫我選了橙色和紅色做為婚禮的基調。」Sailom 笑笑地説。

　　「你真是一點忙都沒幫上。」回想起自己第一次接觸到像他這麼難搞的新郎，簡直是用盡心力和精神在幫他策劃婚禮。有好幾次，Namnuea 都想把草稿往新人臉上丟過去，但職業道德不允許他這麼放肆。

　　「就懶得再去裝了。」Sailom 收緊摟住他肩膀的手。

　　「接下來，你打算怎麼辦？」

　　Namnuea 的問題讓 Sailom 轉過頭看著他。

　　「如果，我不得不和 Yiwa 結婚，你不會生我的氣吧？」Sailom 的口氣有著隱藏不住的擔心，因為這對 Namnuea 來說其實很不公平，表面上 Sailom 是已婚身分，實際上卻和 Namnuea 偷偷交往。

　　對於 Namnuea 來說，Sailom 已經把所有事全都講清楚了，因此他只是輕輕一笑。

「那麼，我就是你的外遇對象了？」

「我不想讓你套上這個名詞，因為我只愛你。」Namnuea 必須和一個被認為已婚的男人交往，儘管他的新娘也有女朋友。

「Yiwa 的女朋友怎麼說？」

「她不同意這種方式，但 Wa 本人卻十分堅持，因為沒有其他方法可以解決母親所帶來的壓力，所以她也只好接受。」Sailom 嘆了口氣，「如果我媽和你媽一樣明理就好了。」

Namnuea 覺得自己很幸運，至少自己的媽媽很通情達理。

「我以前就告訴過你，每個家庭都有不同的問題，但父母其實都很愛自己的小孩。唉，我只能說，既然我這麼愛你，就已經做好覺悟要介入你們的問題了。第三者就第三者吧，只要不是叫我去爬木棉樹＊就好。」他半

＊ ปีนต้นงิ้ว 相傳通姦者死後會下地獄，並且被要求去爬木棉樹當成處罰。木棉樹上有鋒利的刺會劃傷身體，鬼差會用長矛和鋒利的標槍刺傷通姦者的腳。

開玩笑地說。

　　Sailom 聽出他的口氣有著一絲認真，知道他並不是完全接受了自己將和別的女人結婚的事，只是目前沒有更好的解決辦法。

　　他緊緊地抱著自己深愛的男人，在 Namnuea 耳邊小聲地說：「謝謝你，Nuea，真的很感謝你。」

　　Namnuea 笑了出來，「那我們來協商吧。」

　　「協商什麼？」

　　「不難做到，你只要答應就好。我有時候壓力很大就會靠吃來緩解壓力，不可以因為我變胖就嫌棄我。」

　　Sailom 輕笑出聲，看著 Namnuea 的銳利雙眼閃過一抹狡猾。

　　「沒關係，我可以幫你減肥。」

　　「如果是上床的話沒問題，若是要帶我去健身房，那就有難度了。要打拳擊的話，我可能會直接用我的小腿攻擊你。」

　　Sailom 大笑出聲，俯下身輕吻 Namnuea 的額頭和鼻尖，Namnuea 注意到外頭的工人的視線時一陣害羞，幸

好工人們都很識相地快速避開。

「別擔心，我喜歡原本的你，這樣抱起來很溫暖也很柔軟。」

Namnuea 在心裡笑了出聲，Sailom 都已經做到指木為鳥、指鳥為木了 *，必須要給他點獎勵。

Namnuea 用鼻尖在 Sailom 臉頰上蹭了幾下。

「我愛你，Lom 先生。」

兩人四目相交，十指互扣，Namnuea 知道接下來會發生什麼事，於是他閉上眼，準備迎接這個吻。

「我想，你弄錯我婚禮的色調了。」Sailom 在吻他之前，輕聲開了口。

「什麼？」Namnuea 睜開了眼，困惑地看向 Sailom。

「日落的顏色不是橙色，現在應該是粉紅色的。」

當 Namnuea 張開嘴還想再說些什麼，對方已經封住了他的唇，令他只能發出悶笑聲。

---

* ขึ้นกเป็นนก ขึ้ไม้เป็นไม้ 意思是指不管對方麼說，自己無論是出於害怕或者奉承都會打蛇隨棍上，不會表達不同的意見。

他也認同 Sailom 的話，日落的顏色不是橙色，而是甜蜜的粉紅色。

戀愛中的人不管看什麼都是粉色系。

「嗯咳咳咳……Ryu 哥，我覺得現在看 Ryu 哥也是粉紅色的，我想我也被愛情蒙蔽了雙眼。」

Sun 的聲音打斷了這對熱吻中的交頸鴛鴦，Namnuea 猛一個抽身，回頭發現 Ryu 站在後方門口，一動也不動，臉頰卻泛著紅暈。

「去你的！」Ryu 賞了男友一拳，用以掩飾臉上的尷尬。

「我真的很喜歡 Ryu 哥，因為他一開始就在偷聽，所以整個人也變成了粉紅色，這個屋子裡全是粉紅色。」

那個厚臉皮的男孩一出口，立刻引起門內人的笑聲，他身邊凶悍的小貓則一臉忿忿不平地看著他。

「大家可以吃飯了，Ray 姊和 Ton 哥去了市中心，Rin 姊也還沒回來，先吃飯才有能量晚上再吃別的東西。」

「欸 Sun ！」

「唉唷，小貓生氣了，Ryu 哥別氣了，別生氣

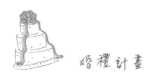

了～～」Sun 雖然表面上是在安撫他，卻仍不忘挑戰男友的怒氣極限，還向尾隨在身後的兩人聳了聳肩。

Namnuea 卻笑笑地說：「看來，今天晚上我聽不到抓牆的聲音了。」

Sun 轉過身來看了他一眼，露出了然的笑意。

「OK，聽不見也沒關係，我會試著把〈馬里有隻小貓〉* 這首歌發揮到淋漓盡致。」

這兩人的話讓 Sailom 面露不解，似乎是看出了他的疑惑，Namnuea 笑笑地在他耳邊低語：

「因為今天要換我抓牆了，你有興趣嗎？要是你沒地方住，要不要在這裡住個幾晚？」

Sailom 立刻明白他口中說的抓牆所代表的涵義，隨即露出一抹壞笑，以最大的認同口氣說：

「如果不只是睡覺呢？能做點其他的事嗎？」

「你可別輸了，昨天我弟弟在房間裡叫得像隻貓一樣，要是你沒辦法做到這點，就會輸給一個大學生囉。」

---

* หนูมาลีมีลูกแมวเหมียว 是泰國的兒歌。

Namnuea 挑釁地說。

　　接受這份挑戰的人滿臉笑意地緊跟在他身後。他們都知道，今天晚上不會太平靜。

　　上次，Namnuea 心驚膽顫地爬上了 Sailom 的床，但這次，他不會再有同樣的心情了。

　　他會在沒有任何壓力及不安的心情之下，在床上恣意地放縱自我。

Step 12

不要相信新娘的情緒，
她變臉的速度可能讓你難以置信。

　　高腳屋的客房大多都是給交情好的親友入住，今天晚上卻多了一位不速之客。

　　那位洗完澡的不速之客走進了房間，摟住那個坐在床上看電視的人，好看的俊臉埋進了白皙的頸項，聞了聞他身上的香味，讓 Namnuea 癢得必須要往旁邊一躲。

　　「你的鬍子刮得我好癢。」

　　「我不只想要搔你的癢。」

　　Sailom 抱著那位依舊手拿著搖控器的男人，在他白嫩的後背落下點點細吻，Namnuae 因為自己的肌膚和 Sailom 臉上的鬍碴接觸時的刺激，忍不住叫出聲。

　　「你實在是太白了，我來幫你染點紅色的吻痕。」

　　Namnuea 笑了出聲，但他沒有逃跑，只是歪著脖子任由 Sailom 繼續對自己上下其手。

「我一直都這麼白。」

「不僅白，也很美味。」

「在你眼裡，我一直都是這個形象嗎？」

「讓我想要再繼續深入下去。」

「嗯……不要在脖子上留下痕跡，我的親戚可能會看不過去。」

Sailom 知道他的意思，只是一看到 Namnuea 的潔白肌膚時，他便無法克制地給了一個又一個的吻，直到那片的肌膚染遍了紅印。

「你沒聽見我說的嗎？」

「可以穿有領子的衣服，Nuea。」

「你真的是有夠任性。」

「我是很任性。」

Sailom 不顧 Namnuea 的抗議，將手伸進了他的衣服裡，感受到他柔軟的胸膛，耳邊聽到 Namnuea 逸出的喘息，感覺他因為自己的撫摸而渾身緊繃起來。

「呃，Lom 先生……別玩了……」

Sailom 的手指輕觸著 Namnuea 胸前的突起時，令他

忍不住開口哀求。

「我不是在玩，我很認真。」

Sailom 的雙手探得更深，指尖挑逗著 Namnuea 兩邊的敏感處，時而輕戳時而搓揉，彷彿逗弄著美麗的花瓣一般，Namnuea 在這樣的挑逗之下溢發性感誘人，身上的薄襯衫遮不去那早已敏感的突起。他扭動著自己的身體，情不自禁呻吟出聲。

「呃……不要一直……碰那裡……真的……Lom 先生……」

「這裡是你的弱點嗎？」

「唔……」Namnuea 沒有正面回答，只是咬著下唇，偏過臉吻住了 Sailom 的唇。

Sailom 也沒有任何遲疑，立刻將自己的舌頭探了進去，他感覺下腹一陣燥熱，傾身壓上了 Namnuea，享受著來自情人身上的熱度，連窗外的寒風吹拂都無法影響他們一分一毫。

持續纏綿的熱吻引發了曖昧的聲響，兩人來回變換著接吻角度，汲取著對方口裡的甜蜜，當 Sailom 的手抓

住 Namnuea 的襯衫時，Namnuea 任由他脫去自己身上的衣服。

接著 Namnuea 雙腳環住了 Sailom 的腰，雙手勾上了他的頸項，Sailom 可以很清楚地看出面前男人的魅惑眼神，正在一點一滴讓自己的理智消失。

那是一種準備挑戰自己的炙熱眼光，今天的 Namnuea 和那天晚上不一樣。或許因為兩人都沒有喝醉，或許因為他們有著和那天晚上不同的心情，Sailom 已經準備好和 Namnuea 一起，義無反顧地捲進慾望的漩渦。

「你想做什麼？」

「我想讓你比我先釋放。」

「你做得到嗎？」

Namnuea 一隻手在 Sailom 渾圓的臀部上擠壓揉捏著，另一隻手則往他的前方探去，Namnuea 不忘扭動自己好讓此刻感受更加強烈，雙手也沒停下來撫摸著對方。

這是一種挑戰。

「Lom 先生，就讓我盡情的發揮，好嘛……」Namnuea 看著 Sailom 露出了笑意，雙手緊抵著 Sailom 寬闊的肩

膀，隔止他想要俯身的動作。

當身下的人兒撒著嬌要求時，Sailom 也只能乖乖躺下，任由他左右。在 Sailom 妥協後，Namnuea 先是吻了吻他的下巴，接著舌尖滑過他的脖子，再沿著他的腹肌，直接往下半身而去。Sailom 低頭看著戀人的目光停留在自己的分身上，並且伸手輕輕撫弄著。

「有沒有人說過你很調皮？」

「那有人知道你真的很愛挑釁別人嗎？」Sailom 喘不過氣地回話。

「哈哈哈，可能有一、兩個吧。」

「誰！」

聽到 Sailom 口氣明顯的不悅，Namnuea 眉頭輕皺。

「前男友啊，你該不會以為我都這把年紀了，還是不經人事的純潔少年吧？」

雖然 Sailom 也有過前任，但當他知道除了自己還有別人看過 Namnuea 這樣迷人的表情時，還是不由得打翻了醋罈子。

Namnuea 安撫似地在他臉頰落下一吻。

「但我只對你做這樣的事。」

這就是 Sailom 等著 Namnuea 說出口的話。他想知道是自己還是 Namnuea 的前男友擁有更多的 Namnuea。

「該死，你真的是⋯⋯」當 Namnuea 用溫熱的口腔包覆住自己的昂挺時，Sailom 的呼吸越來越急促。

如果說 Namnuea 吃到喜歡的食物會做出什麼表情，那就是他現在這個樣子。Sailom 享受著來自愛人的刺激，唯一能做的就是把手插進 Namnuea 柔軟的頭髮裡，緊盯著那張羞紅的臉。

就在這個時候，Namnuea 伸手往自己的後庭探去，開始努力地擴張自己。

「我來幫你吧，Nuea。」

「不⋯⋯不行，我不會讓你幫的，我說過了，讓我盡情發揮⋯⋯」他固執地說。當他將指尖伸進自己狹小的甬道時，忍不住大口喘著氣，聽著這些喘息的 Sailom 必須用很大的意志力克制自己，才能不把 Namnuea 反壓在身下。

「Nuea，我快受不了了⋯⋯我想要你⋯⋯」

直到 Sailom 再也忍不住地哀求著，Namnuea 才將雙手抵住了他的胸膛，抬起自己的臀部。

　　Sailom 注視著 Namnuea 的大眼因為快感而泛出淚水，然後他瞇細了雙眼，嘴角上揚，緩緩移動自己的身子。那迷人的模樣，簡直是世上最美好的風景，讓 Sailom 捨不得挪開視線。

　　「Nuea，我想吻你。」Sailom 低聲地開口，緩緩向 Namnuea 移動，吻住了他的唇瓣，交纏的熱吻夾雜著肌膚摩擦的聲音迴盪於室內。

　　「哈……嗯……」不斷變換的角度伴隨著逸出的呻吟顯得更加的色情，有誰想過他們兩人的身體竟如此的契合呢？

　　彷彿永遠不結束的熱吻緊密地貼合著，兩人的手都不安分地在彼此身體不停探索，房間裡瀰漫著讓人心跳加速、目眩神迷的氣氛。

　　這樣的愛撫不知道進行了多久，Namnuea 開始忍不住全身發抖，像是快要失去力量一般用著沙啞的聲音開口：「我不行了……Lom 先生……不……不行啊……

啊……」

　　這就像是一個信號，Sailom 將 Namnuea 身體翻了過來，挺身再進入了他，Namnuea 只能緊緊地攀著他，感受那一波又一波的入侵，仰首逸出甜美的長長呻吟。

　　一起迎向高潮後，仍有些氣喘吁吁的 Sailom 輕吻著 Namnuea 的額頭，兩人相視而笑。

　　就算之後誰也沒有再開口說話，但一個溫暖的懷抱，便足以抵抗寒冷的夜晚。

　　「你什麼時候要回曼谷？」

　　「我請假到星期一，你呢？」

　　「你的同事告訴我，你無限期休假。」

　　Namnuea 被戀人臉上的沮喪給逗笑了。他的頭枕著 Sailom 的手臂，看著戀人明顯不開心的表情，似乎很在意自己同事的隱瞞，甚至連問題都沒有回答。

　　「如果你知道我的歸期的話，還會來這裡追我嗎？」

　　Sailom 聞言抱住了他，將臉埋進 Namnuea 的頭髮

裡，Namnuea 簡直不敢相信那個向來傲氣自信的男人，居然會對自己撒嬌。

「我會來的，你才消失兩天，我就快死了。」

「我還沒抱怨跟你發生關係後，我痛苦了好幾天的事呢。」

他的話一說完，新郎就陷入了沉默，接著轉換話題。

「我跟你一起回曼谷好了。」

「你準備好要回去了嗎？」

「我不會讓你一個人待在這裡。Sun 說你姊姊很可怕，如果她絆住你不讓你回去的話，我真的會死的。」Sailom 搖搖頭，就算還沒見識過最可怕的 Rin，光聽 Ray 和 Sun 的描述，也讓他忍不住全身起雞皮疙瘩。

「你能休這麼久嗎？」

「頂多是被我叔叔開除而已。」他一副不在乎的樣子，臉上有著厭倦的神情，聳了聳肩。

「或許你不相信，其實我也不是自願要去那間公司工作的。我從大學教授那裡得到一份錄用通知，但我媽卻哭著說不希望我在國外待那麼長的時間，我爸才要求我

回來到我叔叔的公司工作。要不是擔心我媽會心臟病發作，我早就不想待在那裡了。」

「那我還能安全脫身嗎？」Namnuea 真擔心他的家人如同他所形容的那麼可怕。

「當然可以，你有我啊。」

「還敢說，你連你媽都擺不平。」Namnuea 忍不住吐槽。

就在這個時候，手機鈴聲響起，Sailom 看向螢幕，馬上嘆了口氣。

「接電話吧，Lom 先生。」

Namnuea 輕推了他的肩膀，沒想到 Sailom 卻選擇掛斷電話，然後直接關機。

「怎麼了？」

「現在是我和老婆的兩人時間，不想被我媽打擾，不要再去想她了。」Sailom 將手機扔向床的一角，再度抱住了戀人，「但我想見見你媽媽，想去向她道謝，謝謝她願意讓我來這裡找你。」

「你不怕我媽嗎？」Namnuea 嘴角勾起一抹弧度。

「我想應該沒有人比我媽更可怕了，」Sailom 笑了笑，「讓我去見你爸媽吧。」

「用什麼樣的身分？」

是啊，用什麼樣的身分？他都要舉行婚禮了。然而對方只是握住了他的手，附到他耳邊小聲說：

「以一個想照顧你的人的身分怎麼樣？」

當然 Namnuea 也不會只是讓他付出。

「你的嘴巴真的很甜欸。」

「那你要不要嚐一嚐？」

Namnuea 輕笑出聲，當他看著那張俊臉離自己越來越近，似乎打算開始第二輪，而自己也環住了對方的頸項，感受著他越來越熱的體溫，沉浸在他深邃的眸子裡，心跳加快時……

「Sun……把窗戶關上……不……不行……Nuea 哥會聽到……啊……」

隔壁傳來的呻吟聲吸引了他們的注意。

「哇，Sun 有麻煩了。」Namnuea 打趣地開口。

看來他已經把凶悍的老虎變成了小貓。

「我比他還厲害。」Sailom 看起來好像不太開心。

「我沒有特別感覺到。」Namnuea 臉上浮起一抹邪氣的笑意。

高個子將棉被扯到床尾，接著壓住了他，銳利的雙眼有著異樣的光芒。

「如果你今天晚上不想睡覺的話，我可以幫你。」

看著這個人任性不服輸的樣子，Namnuea 一點也⋯⋯不討厭。

Imm 姊，Nuea 現在也有對象了，不會再餓肚子了，因為有人可以餵飽他了。

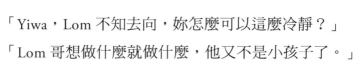

「Yiwa，Lom 不知去向，妳怎麼可以這麼冷靜？」

「Lom 哥想做什麼就做什麼，他又不是小孩子了。」

「但妳是要嫁給他的新娘啊。」

偌大的房子裡，兩位母親著急地討論著新郎的失蹤，大家看起來都很擔憂，但新娘似乎一點都不在意，還在和她的好朋友傳訊息聊天。

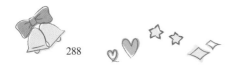

「我們是要結婚了，但 Wa 不是獄警，Lom 哥也不是犯人，他有他的事情要做。」

「妳就不怕他背著妳亂來嗎？」

「要是真的這樣，我還能怎麼辦？」

「Yiwa ！」母親忍不住提高音量，讓 Yiwa 嘆了口氣。

「Lom 哥可能有緊急的工作，媽是不是太急躁了？今天晚上我要和朋友一起過夜，不想和妳吵架。」

「朋友？又是朋友？打從妳和這位朋友來往後，妳就像被帶壞了一樣……」

「不要隨便指責我親密的朋友！」

這是 Yiwa 第一次以這麼凶悍的語氣對母親說話。一直以來，她都是用溫和的聲音和家人對話，但當對方牽扯到她最愛的人時，Yiwa 再也受不了地起身，慍怒地看向母親，而她母親似乎沒有意識到自己已說錯話。

「妳就因為一個朋友跟我吵架？妳們一起出去玩、出去過夜也不工作？為什麼像她那種看起來就不怎麼樣的人，妳還要繼續和她來往……」

「媽，妳沒有資格指責她！」母親的話還沒說完就被

Yiwa 打斷，Yiwa 已氣得滿臉通紅。

「妳怎麼回事？我只是說實話而已。」她驚訝地看著女兒。

「媽媽沒有權利，沒有資格說我親愛的，妳根本不認識她！」

「Wa……妳是什麼意思？」

和母親的爭執似乎成為壓垮駱駝的最後一根稻草，Yiwa 已豁出去要講出這一切，雖然這不在她的預期之內。

「媽沒有聽錯，她是我最親愛的，她不只是我的朋友，她是我的女朋友！妳的女兒喜歡女人，妳知道嗎？」

「這不是真的！妳要嫁給 Sailom 了！那 Sailom 呢……」

Yiwa 露出一個嘲諷的笑容，她已生氣到開始有些口不擇言。

「Lom 哥實在太愚蠢了，只不過是被我利用的棋子罷了。」

語畢，Yiwa 便轉過身快步地離開了那裡，任由臉色蒼白的母親站在身後呼喊著她的名字，但 Yiwa 完全不在乎，直接上了車並踩下油門。

她的母親根本不理解她，如果不是因為她喜歡的人，她根本無法忍受到今天。母親批評她愛的人就是讓她爆炸的導火線，她的母親太過分了！

　　Lom 哥，對不起，Yiwa 可能無法完成這場戲了。

　　「孩子，祝你一路順風，有空隨時可以回家。」

　　「我知道了，爸爸、媽媽，工作不要太辛苦了，就算一天沒有施肥，花也不會枯萎的。」

　　Namnuea 站在清邁機場向雙親道別，那個說要一起回去的高大男人就站在自己身後，當他注意到父親一直盯著 Sailom 看時，開始有些緊張。就算他原諒了 Sailom，也不代表父親可以輕易接受兒子帶另一個男人回家的事實。

　　「在北方，人們要不斷地施肥、耕種，花才會開得更美麗……對吧，Lom 先生？」Namnuea 的父親將視線轉向 Sailom。

　　「是的，我記住了。」

　　名為愛情的花朵能否開得美麗，取決於兩個人是否悉心呵護。

　　聽到父親說出這樣的話，Namnuea 緊抿了雙唇，眼前泛起了薄霧。

　　「不管怎麼樣，都平安回家吧。請你好好照顧 Nuea，Lom 先生，我很擔心他自己一個人在曼谷生活。」

　　母親說出了託付的話，Namnuea 只能搖了搖頭。事實證明，他的家人已經認同他們兩人的戀情，他感覺自己就像個準備離開家鄉跟別人上飛機的新娘。

　　「我喜歡你家，不，我愛你家。」

　　「你真容易滿足啊，Lom 先生。」

　　「比我家善良多了。」

　　「說得好像你家很可怕。」Namnuea 忍不住開始擔心了起來。當 Sailom 牽住他的手時，他深吸了一口氣，回握了戀人的手，絲毫不在意別人的眼光，這樣會讓他覺得擁有更多力量回到曼谷，在即將舉行的假婚禮上扮演好婚禮策劃師的角色。

一個小時後，飛機抵達了曼谷，他們即將一起克服面前的難關。

　　當 Sailom 終於開機時，手機立刻就響了起來。

　　「你好像很忙的樣子，我可以自己回家。」有個瘋子把車停在機場停車場快一個星期，那人就叫 Sailom。

　　「我載你回去吧，再多陪我一下。」Sailom 抓住 Namnuea 的背包不讓他離開，隨即接起電話，臉上有著不耐煩。

　　「你在哪裡，為什麼打電話你都不接？」

　　「我有急事要處理，媽有什麼事嗎？」

　　雖然他媽媽很喜歡問這句話，但這次感覺起來似乎真的有急事。

　　「你快點回來，媽有急事。」

　　「怎麼了？我先送朋友回去。」Sailom 的口氣沒有了原先的不耐煩，只是變得很低沉。

　　「你趕快回來，是關於 Yiwa 的事情！」

「Yiwa？她怎麼了嗎？」

Namnuea 好奇地和那個在講電話的人四目相接，靠了過去想聽聽他們的對話內容，電話那端的聲音聽起來很著急也很生氣，而且好像要哭出來了。

「Yiwa 突然打電話跟我說她不結婚了，然後向我道歉後就出國了！這到底是怎麼回事，發生什麼事了？」

「啊？！」

Namnuea 簡直不敢相信自己所聽到的，忍不住驚呼出聲。

沒想到那個看起來很溫馴的女孩，居然會違抗母親們的命令，還說她不結婚並且馬上出國了，這劇情發展簡直就像是一套完整的肥皂劇本。

「媽，妳冷靜一點，我會試著聯絡 Yiwa。」

「她媽媽都沒聯絡上，你要怎麼聯絡得上……噢，我真的是要瘋了，為什麼會發生這種事？」

「媽，妳冷靜一點，我馬上回去，好嗎？」

Sailom 掛斷電話後，看向站在面前的戀人，後者用難以相信的口吻開口：

「Yiwa 小姐居然會這麼衝動？真是令人難以置信。」

「我大概是唯一一個相信她做得出來的人吧。如果不是因為她女朋友，她可能也不會忍到今天，或許是發生了什麼讓她失去理智的事才會爆發的，不要奢望她會回來演完這場戲。」

雖然新郎的口氣有著失落，但臉上的笑容越來越大。

「你能不能表現得悲傷一點？」

「不需要，我很滿意這個發展，反正婚禮是我媽的事。」

Namnuea 真不敢相信，這對新人大概是他看過最異於常人的一對了。然而新郎卻沒有因為事情超乎預想而惶然不安，反而拿出了車鑰匙，摟住了他的肩膀說道：

「要不要去我家？」

「你瘋了嗎？我要用什麼身分去？」

「就說我和你在機場偶遇，我自願送你一程，結果我媽剛好打電話來告訴我新娘失蹤了，我急忙趕回家，只好把你一起也帶回去。我覺得這是一個很好的理由，你就可以跟著我一起回家了。」

有時候，Namnuea 覺得他男朋友的想法真的很獵奇，但他居然也點頭答應了。

「去就去吧，我也是無法抽身的身分了。」

「很好，那路上要吃點東西嗎？我餓壞了。」那個前一秒還說要急著回家的人，現在卻笑著說想要吃東西。

「你確定嗎？你媽媽不會心臟病發嗎？」

「最近的健康檢查結果顯示她沒有任何與心臟相關的問題，應該沒關係，到時說路上塞車就好了。」

Namnuea 嘆了口氣，之前沒想過面前的這個男人隱藏在道貌岸然下的外表居然如此狡猾腹黑，但他還是心甘情願跟著走。

「有想吃的東西嗎？」

「我們去吃麥當勞，怎麼樣？」或許自己也在無形之間被他潛移默化了吧。

「沒問題。」

兩人加快了腳步，急忙地朝車子方向走過去。等到他們吃飽喝足了，才決定開車返家。

至於 Sailom 的母親除了留在原地焦急踱步外，其他

什麼事也做不了。

　　當她知道 Yiwa 和另一個女人逃跑的事實時，只是震驚地無法言語。看來這次新娘不再害怕下雨了 *1，那麼，在泰國的風 *2 又將要吹向何方呢？

---

*1 เจ้าสาวที่กลัวฝน ，原唱為 Jow Sow Tee Glua Fon，歌詞形容一名女子認為追尋真愛就像怕被雨淋濕一般。
*2 Sailom 名字有風之意。

Step 13

沒有人不曾撒過謊，
即使是這個最瘋狂的人。

「我不敢相信 Yiwa 會做出這樣的事。」

「我為 Yiwa 向你道歉，我也沒想到她會一走了之。」

Sailom 回到曼谷已經好幾天了，卻不見新娘回來。今天 Yiwa 的母親帶著哀淒的神色來到他家，為她的女兒向 Sailom 道歉，至於 Sailom 的母親似乎也只能接受這個事實，儘管她看起來就像要火山爆發了。

「我再次為她向你道歉。」她看向那位受害的苦主，他的雙手放在膝蓋上，不修邊幅地任由鬍碴孳長，雙眼看起來空洞無神，Yiwa 的母親只能不停地道歉。

「沒關係，或許我也有問題。我沒有察覺她有了別的交往對象。」

「Lom。」

Sailom 的母親走了過來，將手放在兒子手上，但他

的反應卻是將母親的手輕輕挪開，接著搖了搖頭，面無表情地看向 Yiwa 的母親。

「阿姨，妳聯絡上 Wa 了嗎？」

她用手帕擦了擦淚水，稍微平靜了下來。

「完全沒有，她徹底失聯了，而且好像早就準備好要逃去國外，甚至已經申請好當地的簽證還隨身帶著護照！這都要怪她那個朋友，如果 Yiwa 不是跟那樣的女人交往，就不會發生這樣的事！」

「跟那樣的女人交往？什麼意思？」

那個不知道自己的女兒和別的女人跑了的新郎，面帶不解地看向她，而他的母親只是安靜地說不出話來，Sailom 嘆了口氣，打破這當中的沉默。

「她其實一點都不愛我，對吧？我只是被她拿來當幌子？」

「Lom，你也知道這件事了嗎？」

Sailom 看向了自己母親，用乾啞的聲音開口：

「媽，妳是不是覺得我很笨？因為我愛 Wa 也相信她愛我，所以即使懷疑那個朋友跟她不只是朋友，也試著

對自己說謊，認為一切都只是錯覺。但她從來沒有放棄過那個女朋友⋯⋯從來沒有放棄過。」

他低下頭，像是在忍耐即將流出來的淚水，這個舉動成功地讓兩位母親閉嘴。

一個母親同情自己的兒子，另一個⋯⋯則擔心女兒再也遇不到這樣的金龜婿了。

「Lom，你不要氣餒，阿姨會盡量和 Yiwa 聯絡的，事情可能沒有我們想的那麼嚴重，Lom 不要生她的氣，給她一次機會好嗎？阿姨保證 Yiwa 一定能感受得到 Lom 有多愛她的。」

然而 Yiwa 母親的話卻引起另一個母親的不滿。

「還要再給妳女兒機會傷害我兒子嗎？」

「妳為什麼要這樣說？」

「不管是不是真的，Yiwa 犯了這麼大的一個錯誤，誰有可能原諒她？她已經逃去了國外，現在只剩我們一家子留在這裡被人說閒話，外人會怎麼看 Lom ？會說他是一個蠢到被女人利用的傻子⋯⋯」

「不要這樣批評我女兒！」

　　和睦相處十多年的朋友開始爭論起誰對誰錯，沒有人願意讓步。

　　「我哪裡說錯了？我就不該讓 Lom 和那個女人交往！」

　　Lom 母親口中的稱謂由一開始的「Yiwa」變成了「那個女人」，立刻激怒了 Yiwa 的母親。

　　「我也不該和妳這種心胸狹窄的人來往！」

　　「啊？妳好意思說我嗎？」

　　「夠了！！！」

　　就在那兩位母親準備大吵起來時，Sailom 低沉的聲音驟起，他看著閉上嘴只是將臉別過去不看對方的兩位長輩，緩緩地說：「我會打電話取消婚禮。」

　　「Lom，別這樣，給 Yiwa 一個機會⋯⋯」

　　「如果她鐵了心不回來，難道我要自己一個人站上禮堂嗎？」Sailom 不想這麼粗魯地對待長輩，但他快忍不下去了，只能提高音量看著對方快要哭出來的表情，舉手表示歉意，「對不起，我無意這麼失禮，但我認為 Wa 不會再回來了。對不起，我明天早上還有工作，先走一

步了。」

Sailom 頭也不回地回到了房間，沒人敢阻止他，尤其是新娘的母親，她知道自己已經永遠失去這個女婿了。

「我會打電話告訴別人取消婚禮的事。」

「妳能等等嗎……」

「我才不等，看到我兒子那個情況，怎麼可能等得下去。Sailom 和 Yiwa 不會結婚，很明顯了吧？」

兩個母親的爭執聲傳到了樓上，Sailom 在走進房間前聽到兩人的對話，嘆了口氣。

「Lom 哥……為什麼你的表情在笑？」

他的妹妹 Fon 看到哥哥那不合常理的微笑時，大概也只能自動解釋為對方可能壓力很大，所以才會有如此失常的行為。

「嘿，妳昨天晚上追劇了嗎？」

「追了！女主選擇男主而拋棄男配時，我還哭了呢。」

「我跟妳一樣，我哭掉一盒衛生紙——」

「哦，抱歉，Sailom 先生，我沒有看路……」

午休時間，兩個女孩在走廊討論著昨天看的電視劇，沒注意到那個從角落走出來的高大身影，不小心撞到了他，當她們一看向來者時，連忙道歉個不停。

「走路小心一點，眼睛不要只看劇，要看路。」他的口氣有些沙啞，雙眼滿是不悅。

「對不起……」被指責的兩人相視了一眼，直到老闆離去後才開始八卦。

「Sailom 先生怎麼了，之前看起來都還好好的，現在就像更年期一樣。」

「咦，妳不知道嗎？聽說他的婚禮取消了，因為新娘逃跑了。」

「妳開玩笑嗎？居然會有人想拋棄 Sailom 先生這麼優秀的人，是太笨了還是瘋了？」

「或許兩者都有吧。最近最好不要太靠近 Sailom 先生，他的情緒不太穩定，可能一不小心就踩到地雷，光看他的外表就知道了。那個交往十年的新娘聽說懷了別人的孩子，和情人一起逃出國去了。」

「Lom 先生好可憐，好想去安慰他啊。」

「妳做夢！如果不是因為他太愛新娘，就不會被愛情蒙蔽雙眼，讓新娘給逃了。」

公司裡的人一個傳一個，大家都在討論 Sailom 的八卦，導致那個被拋棄的人被傳得越來越悲慘，甚至還有人說他企圖自殺。

這下子，大家更同情他了。

「Lom，媽能和你談談嗎？」

Sailom 坐在客廳裡，任由電視開著，但他的目光卻不在電視上，甚至根本沒看螢幕。他的母親走了過來，開口喚了兒子。

「不了，我沒什麼可談的。」Sailom 拿起搖控器關掉電視，低聲地說。

「Lom，兒子，別這樣。」她在他身邊坐了下來，拍了拍他的背，眼底滿是憐憫。

「還有什麼可說的呢？妳是想安慰我不要想太多嗎？

即便我的新娘和別人私奔了？」

聽著兒子痛苦的聲音，母親只能嘆氣，緊握雙手不知道要怎麼安慰他。她一直很支持自己的兒子和 Yiwa 結婚，沒想到會演變成今天這個局面。

有誰會想過那個看起來溫順又可愛的 Yiwa，居然會做出這樣的事？

「我並不是想讓你不要想太多，你愛了 Yiwa 這麼久，今天發生這樣的事，對你來說一定很痛苦，但是……」迎向兒子的眼睛時，母親鼓起勇氣繼續開口：「世上又不是只有 Yiwa 一個女人，還有很多女人可以取代她……」

「但我的世界裡只接受她那個女人！」

Sailom 打斷了母親的話，憤怒地看著她，低沉的口氣十分不悅，顯示母親已經踩到了他的底線。

「我說過，自己隱約察覺了 Yiwa 和她朋友的事，但這些年來我一直在欺騙自己，妳認為我為什麼要這麼做？就是因為我只愛那個叫 Yiwa 的女人，她是我唯一深愛的女人。我不是說了，這輩子只和她結婚嗎？妳還想讓我去愛誰？我還能愛誰？」

Sailom 的母親沒想到兒子會突然一連串地開口質問自己，他的呼吸急促，胸口不停起伏，像是要克制情緒盡量不爆發那般。

　　「Lom，兒子，你冷靜一點，媽不是讓你現在就去找別人，媽的意思是……你可以試試別人……」

　　「不會再有別的女人了，媽，不會有了。我這輩子就愛 Yiwa 一個女人，不會再有更多了，我只愛她。」

　　他的母親只能瞪大眼看著他，要不是自己一直支持著 Yiwa 這個無緣的兒媳婦，也就不會傷害兒子這麼深。

　　「你不應該這麼固執。」

　　「是妳教我要堅守意志的，不是嗎？好了，媽，我沒什麼能再跟妳談的了。」高個子發洩完自己的情緒後，接著轉過身準備往門外走去。

　　「Lom，你要去哪裡？」

　　「我被拋棄了，還不能去喝點酒嗎？」他的聲音有著明顯的諷刺。

　　「你可以在家裡喝。」

　　「不，我要去找 Nuea 先生。」

婚禮計畫

　　這幾天她一直聽到這個名字，早已經聽慣了，母親因為太過內疚所以無法阻止他。打從兒子回到曼谷那天、在機場遇到 Namnuea 起，對方就已經知道所有事情的經過，所以兒子一直在和那位前婚禮策劃師打交道，近來已經親密到經常碰面的地步。

　　她兒子比起自己更信任 Namnuea。

　　「沒關係，Lom 現在只是在氣頭上，等到他氣消了，就會遇到更好的人。」

　　他的母親滿懷希望地自我安慰，但她並不知道，自己的兒子已經遇到了一個好人，只是對方不是女人，而是……她可能無法接受的男人。

　　「然後你就跑來了？真壞。」

　　「我跑來找你哪裡壞了？」

　　「你每件事都很壞。」

　　Sailom 最近經常往 Namnuea 的住處跑，只差沒有搬過來這裡住了。他摟住了那個正在把盤子放到餐桌上的

人，高大的身影緊貼著他，看起來有些彆扭。

「嘿，我現在可是陷入悲傷的新郎欸，新娘什麼話都沒說就跑了，而且還懷了別人的小孩。」

「什麼？怎麼回事？」Namnuea 面露驚訝地看著他。

Sailom 只是笑了笑，平淡地敘述在他公司裡被傳了好幾個版本的八卦。

帥氣的新郎和美麗的新娘在請帖還沒發完的情況下，突然取消了婚禮，隨著八卦的版本越來越多，在人們的加油添醋之下衍生了各種情節。他每次聽到，都不知道到底要笑出來還是繼續裝作失去了新娘而難過不已。

至於八卦中的那位悲慘新郎，卻每天都睡在 Namnuea 家裡。

Namnuea 忍不住暗自翻著白眼，別人嘴裡借酒澆愁、天天買醉的人，現在坐在餐桌旁為自己添著飯，倒了杯水，舒服地坐在那裡。是的，他喝的是水，不是酒，就只是跟男朋友一起吃飯而已。

「管他謠言怎麼傳，越傳越誇張也無所謂，最好把我塑造成一個可憐的男人。」這個可憐的男人對自己目前

的生活感到很滿意。

「我不知道你這樣欺騙別人有什麼好處，Lom 先生。」Namnuea 抬頭看向他。

Sailom 臉上笑意越來越大，甚至笑出了聲。

「從此之後，我就成了一個因為新娘跑掉而留下陰影的男人，然後你這個好友走進我的生活，在我人生最低谷時，你的陪伴讓我愛上了你……我喜歡這樣的設定。」

「你上輩子是雕塑家嗎？真是擅長捏造。」

「我如果是一個雕塑家，那也是藝術品能放在博物館裡的藝術家。我的作品有形且真實，就算是我的隨手雕塑，大家也都會認為是傑作。」那個別人口中心碎的男人聳聳肩，伸手捏了捏他的臉頰。「等到適當的時機，我就會帶你回家，告訴我媽，我愛的人是你。」

如果不是知道全盤真相，Namnuea 應該會很感動。

「Yiwa 離開後算是你走運了，還能說她利用你、拿你當幌子，甚至讓你變成最可憐的男人。事實上，你根本就是最愛說謊的男人。」Namnuea 搖了搖頭。

其實 Namnuea 也同意這樣的計畫，因為 Sailom 至今

仍然是他媽媽的好兒子，只是遭遇了重大挫折，讓他變成了同性戀，這讓他人生未來的轉變也有了合理的解釋，而且還可以說因為好朋友 Namnuea 將他拉回正軌，所以才愛上了 Namnuea。

「但你不也愛我這個說謊的男人嗎？」那個臉上掛著自信笑容的男人拉了 Namnuea 的手，讓他坐下來一起吃飯，嘴裡仍然繼續講著公司的傳聞。

Namnuea 真不知道自己到底該不該擔心下去，就在這個時候，他的腦海中浮現了 Imm 姊的話。

「實在是太帥氣了，我簡直不敢相信這是謊言。」

當自己銷假回公司後，得知真相的 Imm 姊在他耳邊小聲地說著。

她指的是那天 Sailom 衝進了辦公室，一臉痛苦地決定要取消婚禮，在那之後，又厚顏無恥地拉走了 Namnuea，光明正大表示要借走他。

所有行動就如同他的名字一樣，簡直是一陣旋風，來無影去無蹤。

是啊，Namnuea 也不敢相信自己交了一個這麼帥氣

的男朋友。

　　一思及此，Namnuea 就忍不住笑了出來。

　　「沒辦法，誰叫我墜入了愛河。」

　　Sailom 手指輕輕撫掉沾在 Namnuea 臉上的醬汁，認真地說：「謝謝你理解我，也謝謝你願意愛我這麼麻煩的人。」

　　「你這是在演戲，還是講真心話？」

　　Sailom 眉頭輕皺，起身拉起那個正在吃飯的男友坐到沙發上，雙手摟住了他的腰，把臉埋在自己最愛的白皙肩膀上，親吻他柔軟的肌膚，然後在他耳邊低語：

　　「和你一起的所有事全都是真的，你不相信我嗎？」

　　「知道了你在公司和家裡的表現時，一般人都會有所懷疑吧？ Lom 先生。」Namnuea 低下頭，看向那個將臉埋進自己頸項的男人，揉了揉他的頭髮，露出一抹笑意，「我相信你，Lom 先生，至少……你應該不會騙我吧？」

　　Sailom 抬起頭和 Namnuea 四目相接，在他唇上落下一吻。

「我向你保證，在我把一切都告訴你時，我就不再對你有所隱瞞了，Nuea。我對每個人都說了謊，但唯獨對你，只會講真話。」他用最真誠的語氣承諾，雙手仍環抱著 Namnuea 的腰。

Namnuea 真的對這樣的他很沒轍，其實他也相信男友說的話，如果 Sailom 想說謊，就不會把一切都告訴自己。

「謝謝你，謝謝你告訴我一切真相。」Namnuea 眼裡有著信任，讓那個為未來付出一切的人露出了滿意的笑容。

Sailom 真的為自己的未來付出了許多，現在所做的一切，都是為了將來讓他母親接受他的性向而鋪路。

他現在表現得就像是個瀕死的人，不管是誰出現都無法讓他前進，當有個可以解決這一切的人出現時，那個人就會成為他生命的救星。

而他打算讓 Namnuea 成為那位救星。

現在他母親不敢再干涉他的生活，讓他享受到期待已久的自由。

「但我有件事要問你。」

「嗯？」

Namnuea 瞇起了雙眼，目光停在他的鬍子上。

「你什麼時候要刮鬍子？我的臉一直被你的鬍子刮痛！」他拉了拉 Sailom 的鬍子沒好氣地說。

「為什麼這麼唾棄我的鬍子？大家都說我像強尼・戴普。」

「真是搞笑。」

「但你沒有笑出來。」

Namnuea 再也忍不住地輕笑出聲，看著那個說自己長得跟國際巨星一樣帥的男人，無法否認他真的很帥氣，有一種野性的美感。

「我還不打算刮鬍子呢，這是一種表現我心碎和失去某個重要的人的偽裝，而且……還可以用來做某些事……」他的目光停在 Namnuea 身上，讓後者立刻意識到所謂某些事肯定跟自己有關。

「什、什麼？」

「這個啊。」Sailom 指向他脖子的地方，接著化為實

際行動。

「哦⋯⋯不、Lom 先生等一下！我說過很多次⋯⋯不要搔我癢，哈哈⋯⋯」Sailom 用鬍子蹭起 Namnuea 的脖子，讓他的肌膚很快就染上了粉紅。

這正是 Sailom 最愛做的事。

「但你明明都會要求我再做一次。」Sailom 的嗓音帶著笑意。

Namnuea 忍不住反駁：「明明是你自己愛這麼做的，不要牽扯到我身上來。如果我的皮膚沒這麼白的話，你還會喜歡我嗎？」

被指責的人笑了出來，接著將 Namnuea 壓倒在沙發上，居高臨下地看著他。

「我是不是該證明自己並不是只喜歡你的肌膚？」

「住手！Lom 先生！住手！」Namnuea 只能用力地推了推 Sailom 的肩膀阻止他，發出微弱的聲音，「我會讓你證明的，但現在能不能先吃飯？我連午餐都沒吃呢，快要餓死了，Lom 先生。」

Sailom 盯了一眼桌上的食物，在聽到男友的撒嬌

時，俯身親吻他的臉頰。

「好吧，先收訂金。」

「你每次都這樣占我便宜。」

「請稱為謹慎行事好嗎，Nuea。」他站了起身，拉著Namnuea回到餐桌。

兩人開始吃起他們的晚餐，Sailom看著男友吃飯時臉上浮現的笑容，回想起他們第一次見面的那天。

Namnuea的笑容吸引了他的目光，那笑容緩解了自己不少的陰霾，讓自己當時起心動念想要認識他。如果不是因為Yiwa已經先和他討論婚禮的事，他一定會馬上更進一步。

其實Sailom沒想過Nuea會負責他們的婚禮企畫，當自己一再地阻撓他工作時，他那皺眉的神色、嚴肅的表情以及工作有了進度後的微笑，都深深地吸引著自己。

「我還是想知道，Nuea，我們第一天見面的那天……你在看什麼？」

Namnuea聞言抬起頭，瞪大了眼。

「看、看什麼……沒看什麼啊。」

他現在怎麼說得出口自己是在觀察路過的男人。

然而 Sailom 一副不信的樣子，Namnuea 只好吃掉最後一口飯，起身走過去抱住了他，接著彎腰在他耳邊說：「我在看什麼都不重要，Lom 先生，重要的是，最後我的目光停在你身上。」

Sailom 露出了燦笑，Namnuea 在他唇上落下一吻。

「好了，二十個問題 * 結束了。因為東西是我買回來的，所以你得負責洗碗。我要去洗澡了，今天要留下來過夜嗎，Lom 先生？」

Sailom 馬上站起身，心甘情願地收拾盤子，露出一抹笑意。

「就算你沒說，我也會留下來過夜。」

正在 Namnuea 轉身準備走進浴室時，Sailom 的話從後面追來，「我很高興自己差點結了婚，因為這場婚禮，我才能認識你。」

---

* ยี่สิบคำถาม 泰國一般會用二十道問題來問自己或者另一個人，用以了解自己，或者與對方建立關係。

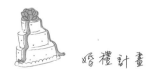

婚禮計畫

Namnuea 回過頭，給了他一抹心意互通的甜蜜笑容。

雖然這場婚禮最終以失敗告終，但對他來說卻很重要。因為新郎遇到了他的靈魂伴侶，而這場沒有結果的婚姻，將會永遠刻在彼此的腦海裡。

Final Step

結婚不是兩個人的事，
但愛情是關於兩顆心的事。

「Imm 姊，我先下班了。」

「不搭公司的車一起回去嗎？你沒把車開來這裡吧？」

「沒關係，有人來接我。」

今天的 The Wiwa Square 依舊相當繁忙，身為婚禮策劃師的 Namnuea 在星期日下午為新人打造了完美的訂婚儀式直到最後一刻，儀式進行得很順利，與會來賓都留下了深刻的印象，認為婚禮既甜蜜精緻又不失豪華大方。然而因為婚禮舉辦地點在郊區，人煙罕至，Imm 姊才會帶著擔心的口吻提問。

當 Namnuea 表示有人會來接他時，在場的其他人全都驚呼出聲。

「等等，Nuea，你已經公開死會了嗎？」

「噢，姊，總有一天大家都知道的，我們又不是只交往一、兩個月而已。」Namnuea 笑笑地說。

大家都知道婚禮的成功建立於很多人的努力，需要經過不少的磨合才能圓滿。

今天的婚禮跟往常一樣，也有不少新人的親戚前來參加，讓 Namnuea 忍不住回想起去年那場失敗的婚禮。

這場婚禮和去年的那場很像，新娘和新郎在賓客人數上一直無法達成一致，害新娘差點都哭了，更別說接下來兩個月的活動討論，同時需要兩家人一起商量解決，最後新娘甚至因為壓力過大抱著 Imm 姊落淚。

雖然結婚會伴隨著壓力而來，但當一切結束，所有人事後再回想，一定會變成美好的回憶，Namnuea 如此深信著。

「所以，是誰要來接 Nuea 呢？是那個帥哥嗎？」公司後輩好奇地問。

「問這幹嘛？你對他有興趣？」Namnuea 輕敲了他的頭，沒好氣地開口。

「不是，我是對你感興趣。我很喜歡你，只是難過你名草有主了。」後輩厚臉皮地說。

「讓我告訴你，好的男人有兩種，一種是⋯⋯那種有老婆的，」Namnuea拍了拍他的肩，指向了站在新娘身旁的新郎，接著指向自己，「而我，有老公了！」

「看來Nuea哥對於自己身為老婆感到很自豪，放心吧，Nuea哥，我不是想當你們的第三者，好男人的老婆可以分成男人或女人。」

Namnuea笑出了聲，就在這個時候，其他同事走了過來。「Nuea，新郎在停車場等你很久了。」

「我實在很好奇，為什麼大家都要稱Lom先生為Nuea哥的新郎呢？」

這個新來的員工不知道去年發生的事，而他的反應引來另一個知情人士的笑聲。

「因為Nuea哥拐走了別人的新郎啊。」

「什麼？Nuea哥拐走了別人的新郎？」

他又被拍了一掌。

「不是拐走。Nuea在新郎最悲傷的時候陪伴著他，

讓新郎察覺自己愛上了他，大家都在說，Nuea 把一個好男人變成了自己的男朋友。」

Namnuea 搖搖頭，笑而不語。在一年前，他真的沒想過 Sailom 的計畫會奏效，成功博取了大部分人的信任。

Lom 先生因為被女人傷得太重，療傷過程中愛上了另一個男人——儘管他本質上一開始就是個同性戀。

「好了夠了，不要再聊我的感情生活。我先走了，Imm 姊抱歉，不能幫到最後。」

「沒關係，你就回去吧，Nuea。今天是 Yiwa 小姐的婚禮，她一定很興奮。」她小聲地對 Namnuea 開口說。

Namnuea 點點頭，悄悄地離開了那裡，接著找到那輛熟悉的轎車。

「你到了就該打電話給我，Lom 先生，這樣我才可以快點出來找你。」

「我不知道你是不是還在忙，我可以等。」

當 Sailom 俯身準備嗅聞 Namnuea 的氣息時，卻被他躲了過去。

「不要聞，我身上很臭，一大早就跑來跑去的。」

「一點都不臭，很香。我就是喜歡聞你的味道。」

「你真是越來越變態了，這位前新郎。」

Sailom 大笑出聲，開車返回 Namnuea 的住處，途中買了一些食物，他們兩人現在幾乎是同居的狀態。

在新娘離開後，Sailom 的母親不敢再干涉兒子的生活，只是選擇遠遠地看著兒子，而他以不想回家怕會更想念 Yiwa 為藉口成天外宿，直到父親同意他搬出去。

這位前新郎現在正計劃買一套新家當成他倆的愛巢。

「唉，真是可惜了。」

「什麼可惜了？」

Namnuea 面帶同情地看著他身旁的男人。

「可惜不能參加 Yiwa 的婚禮。」

Sailom 和 Yiwa 多年來的感情已經像家人一般，然而因為去年的那場失敗婚禮，導致他現在無法飛到加拿大去共享 Yiwa 和她女朋友的喜事。

要是真的能去的話，Sailom 不會有任何怨言，也不會責怪 Yiwa 破壞了計畫，只會帶上自己滿滿的祝福。

「沒關係，只要我們向她們真心道賀，Wa 就會很高

興了。」

Sailom 笑笑地說，當 Yiwa 透過 Skype 高興地宣布她女朋友已向她求婚時，那是和去年她要嫁給 Sailom 完全不同的反應。

Yiwa 在搬到那裡後，隨著工作越來越穩定，她的女朋友也考慮起結婚的事。在那個國家，同性結婚並不罕見，即使場地是小教堂，即使只有神父和幾個朋友參加了她們的婚禮，Yiwa 也十分心滿意足。

她想要的從來就不是盛大的婚禮，而是能和所愛的人結成連理的婚禮。

「你會嫉妒嗎？」

Namnuea 轉過身來看向他，歪頭回道：「不，我很高興。」

「那，如果我們也結婚，你想要什麼樣的主題？」Sailom 接著問。

「這是你的夢想嗎？你想要在泰國舉行婚禮？」

「我看過很多人舉辦。」

「應該先想想怎麼讓你媽媽接受吧。」

不可否認，Namnuea 的話問倒了 Sailom。

「人要有夢想。Nuea，而我的夢想就是和你結婚。」

坐在副駕駛座的人有些訝異地對上了司機的雙眼，看出了他眼裡的認真。Namnuea 低下頭，嘆了口氣。

「但你有沒有想過，要是真的舉行了婚禮，情況有可能會很混亂，我的家人、你的家人，還有你的朋友，甚至你公司的下屬，可能都會對你的事大放厥詞。你明明準備要迎娶一位美麗的新娘，才沒多久時間，就換成了另一個新郎，這可能會成為頭條新聞吧。」

Sailom 將手放在了 Namnuea 手上，在 Namnuea 想更多之前開口說：

「Nuea，你不要在意太多，只要好好去想並且告訴我，你想要什麼樣的婚禮，這只是我們的夢想。」

Namnuea 露出一抹淺笑，心情似乎平靜了一些。

「我想……舉行一個小型婚禮，有我的父母和你的父母，只要我能得到真心的祝福就夠了。要是你想邀請你的朋友，可以找一間餐廳然後舉行小型聚會，向他們宣布結婚的消息，我想要的是會真心祝福我們的朋友，而

婚禮計畫

不是與你有利益關係的人。」他聳聳肩繼續說，「但不管是什麼情況，應該都會很忙亂。」

「我們可以找個時間安排嗎？」

「嗯？」

當 Namnuea 對上了 Sailom 的視線時，才發現他用很認真的表情凝視著自己。前方亮起了紅色的信號燈，Sailom 轉過身握住 Namnuea 的手，靠近了他，「我們總有一天也會結婚的吧？」

「Lom 先生……」

Namnuea 看著那個直視著自己眨也不眨眼的男人，嚴肅的口吻就像是在求婚一般，真不知道該哭還是該笑。

他居然在等紅燈的時候被求婚了。

「綠燈了，把你的眼睛轉回去。」Namnuea 用力地拍了拍他的肩膀，Sailom 皺眉地將視線再度轉回前方，Namnuea 則笑笑地繼續說，「你明知道婚禮是件麻煩的事，即使如此，還是想要舉行嗎？」

「因為我愛你。」

如同 Sun 說過的，簡單的一句話就能表示一切。

Namnuea 一時之間難以言語，只能將發燙的臉轉過去，看向窗外的街道。

「Nuea，婚禮真的混亂到讓你不想舉行嗎？」

「就……真的是很麻煩。但就算很麻煩，還是很多人想要辦，至於我……總有一天……」

Namnuea 的聲音越來越小，一年前的他甚至還因為自己是個孤單的同性戀而不敢想太多，但今年他的想法被改變了。

因為那個在他身邊的男人，讓他有了想結婚的衝動。

「嗯，總有一天，Nuea。」Sailom 的手和 Namnuea 十指相扣，用溫柔的口吻說著，「婚禮也許會有些混亂，或許會有不少的人來，但我保證愛情是我們兩人的，我不會讓任何人為難你。」

Namnuea 露出淡淡的笑容，由衷相信這個人能做得到。如果 Sailom 許下了諾言，那麼他就會去認真實現。

「沒關係，我願意被為難。」

「嗯？」

Sailom 面露不解之色，而 Namnuea 只是用再平穩不

婚禮計畫

過的口氣說：

「因為我愛你，所以願意跟隨著你。」

「謝謝你，Nuea，謝謝你愛我。」

豪華轎車開回了 Namnuea 的住處，兩人緊握著手，一起等待那個遠在加拿大的人兒打電話來向他們討祝福。

他們兩人將會一直走下去，即使未來不通往婚禮的方向，他們也明白如果不相愛，舉辦婚禮便毫無意義。

若兩人心心相印，也許就能期待真有那麼一天，夢想會實現。到時，Sailom 應該會再對他說出那句話……

「嫁給我吧，Nuea。」

等到那一天，Namnuea 也會用最真誠的語氣回應：

「我願意。」

雖然沒有盛大的婚禮廣告周知，但只要兩顆心相依相偎，不管面前有多少障礙，他們都能攜手一起跨越。

愛情裡只能容納兩個人，無法容下其他，就只能是……兩顆真心。

（*Fin*）

Wedding Plan

國家圖書館出版品預行編目資料

婚禮計畫 = Wedding Plan/Mame作；甯芙譯. -- 初版. --
臺北市：春光出版，城邦文化事業股份有限公司出版
：英屬蓋曼群島商家庭傳媒股份有限公司城邦分公
司發行，2023.12
　　面；　公分. --（南風系）
譯自：แผนการ (ร ฮัก) ร ข้ายของนายเจ้าบ่าว
ISBN 978-626-7282-45-8（平裝）

868.257　　　　　　　　　　　112017750

南風系009

婚禮計畫

作　　　者／Mame
譯　　　者／甯芙
企劃選書人／王雪莉
責 任 編 輯／王雪莉、張婉玲

版權行政暨數位業務專員／陳玉鈴
資深版權專員／許儀盈
行 銷 企 劃／陳姿億
行銷業務經理／李振東
總　編　輯／王雪莉
發　行　人／何飛鵬
法 律 顧 問／元禾法律事務所　王子文律師
出　　　版／春光出版
　　　　　　臺北市104中山區民生東路二段 141 號 8 樓
　　　　　　電話：（02）2500-7008　傳真：（02）2502-7676
　　　　　　部落格：http://stareast.pixnet.net/blog E-mail：stareast_service@cite.com.tw
發　　　行／英屬蓋曼群島商家庭傳媒股份有限公司城邦分公司
　　　　　　臺北市中山區民生東路二段 141 號11 樓
　　　　　　書虫客服服務專線：（02）2500-7718／（02）2500-7719
　　　　　　24小時傳真服務：（02）2500-1990／（02）2500-1991
　　　　　　服務時間：週一至週五上午9:30～12:00，下午13:30～17:00
　　　　　　郵撥帳號：19863813　戶名：書虫股份有限公司
　　　　　　讀者服務信箱E-mail: service@readingclub.com.tw
　　　　　　歡迎光臨城邦讀書花園 網址：www.cite.com.tw
香港發行所／城邦（香港）出版集團有限公司
　　　　　　香港九龍九龍城土瓜灣道86號順聯工業大廈6樓A室
　　　　　　電話：（852）2508-6231　　傳真：（852）2578-9337
　　　　　　E-mail：hkcite@biznetvigator.com
馬新發行所／城邦（馬新）出版集團　Cite（M）Sdn. Bhd
　　　　　　41, Jalan Radin Anum, Bandar Baru Sri Petaling,
　　　　　　57000 Kuala Lumpur, Malaysia.
　　　　　　Tel：（603）90578822 Fax：（603）90576622　E-mail:cite@cite.com.my

封 面 設 計／蔡佩紋
內 頁 排 版／芯澤有限公司
印　　　刷／高典印刷有限公司

■ 2023年12月7日初版一刷　　　　　　　　　　　　　Printed in Taiwan

售價／399元

城邦讀書花園
w w w . c i t e . c o m . t w

Published originally under the title of
《แผนการ (ร ฮัก) ร ข้ายของนายเจ้าบ่าว Wedding Plan》
Author©MAME
Traditional Chinese (Complex Chinese) Edition rights under license granted by Me Mind Y Co., Ltd.
Traditional Chinese (Complex Chinese) Edition copyright © 2023 Star East Press, a Division of Cité
Publishing Ltd.
Arranged through JS Agency Co., Ltd, Taiwan
All rights reserved.

104臺北市民生東路二段141號11樓

**英屬蓋曼群島商家庭傳媒股份有限公司
城邦分公司**

- -

請沿虛線對折 謝謝！

愛情・生活・心靈
閱讀春光，生命從此神采飛揚

春光出版

| 書號： OW0009 　　 書名：婚禮計畫 |

讀者回函卡

謝謝您購買我們出版的書籍！請費心填寫此回函卡 我們將不定期寄上城邦集團最新的出版訊息 亦可掃描QR CODE 填寫電子版回函卡

姓名：＿＿＿＿＿＿＿＿＿＿＿＿＿＿＿＿＿＿＿＿

性別：□男　□女

生日：西元＿＿＿＿＿＿＿年＿＿＿＿＿＿＿月＿＿＿＿＿＿＿日

地址：＿＿＿＿＿＿＿＿＿＿＿＿＿＿＿＿＿＿＿＿＿＿＿＿＿

聯絡電話：＿＿＿＿＿＿＿＿＿＿＿＿　傳真：＿＿＿＿＿＿＿＿＿＿＿

E-mail：＿＿＿＿＿＿＿＿＿＿＿＿＿＿＿＿＿＿＿＿＿＿＿

職業：□1.學生 □2.軍公教 □3.服務 □4.金融 □5.製造 □6.資訊

□7.傳播 □8.自由業 □9.農漁牧 □10.家管 □11.退休

□12.其他＿＿＿＿＿＿＿＿＿＿＿＿＿＿＿＿＿＿＿＿

您從何種方式得知本書消息？

□1.書店 □2.網路 □3.報紙 □4.雜誌 □5.廣播 □6.電視

□7.親友推薦 □8.其他＿＿＿＿＿＿＿＿＿＿＿＿＿＿

您通常以何種方式購書？

□1.書店 □2.網路 □3.傳真訂購 □4.郵局劃撥 □5.其他＿＿＿＿＿

您喜歡閱讀哪些類別的書籍？

□1.財經商業 □2.自然科學 □3.歷史 □4.法律 □5.文學

□6.休閒旅遊 □7.小說 □8.人物傳記 □9.生活 勵志

□10.其他＿＿＿＿＿＿＿＿＿＿＿＿＿＿＿＿＿＿＿

情不知所起，一往而深。
尋著心之所向，乘著拂曉清風，
流往那剎那即永恆之境。

情不知所起，一往而深。
尋著心之所向，乘著拂曉清風，
流往那剎那即永恆之境。